U0923504

美国记者眼中20世纪20年代的中国

［美］哈雷特·阿班◎著

王跃如◎译

中国文史出版社

献给中国人民——那些被世界忽视的隐忍受难者

出版说明

1840年，鸦片战争打开了中国闭关锁国的大门，大量外国人来华，或居住，或经商，或考察，或传教，或工作。他们中的很多人记录下了在华的经历和所见所闻所感。

翻阅这些浸染着岁月沧桑的文字，我们可以看到从一个别样的视角描述的中华辽阔的大地、壮美的山河、悠久的历史，当然，还有贫穷落后的社会和苦难深重的人民。我们选择其中“亲历、亲见、亲闻”性的文字及历史图片资料，比如裴丽珠女士的《北京纪胜》、利特尔先生的考察记《穿越扬子江峡谷》、乔斯林勋爵的《随军六月记》等等，编辑本丛书，以期为了解、研究近代中国提供助力。

这些异域的作者，由于不同的文化背景与生活背景，在给我们带来观察、审视近代中国别样角度的同时，也或多或少失之因缺乏对中国社会历史文化的深刻了解而产生误会与误读，甚至是偏见。虽然，本丛书重在采择“亲历、亲见、亲闻”的叙述性文字，对整章整节等大量议论、评价类文字进行了删节，但作者的观点和情感常常是渗透在文章的字里行间的，请读者在阅读过程中予以注意。

此外，有些作品中的地名、人名是作者根据当地百姓的口语发音记录下来的，时至今日已不可考，所以在翻译过程中只能根据语音翻译，特此说明。

编者

2018 年 8 月

序　言

如今的中国实际上已经四分五裂了，但并非像美国国务卿约翰·海伊担心的那样，她会被外国列强所分裂，她的分裂完全是由中国自己的统治者一手造成的。直到现在，“中国的领土完整”和“统一”都是些毫无意义的政治措辞和术语，只不过是那些相互敌对的派系和军阀，绷紧每一根神经为将来能在武装冲突中扩大地盘、增加实力而暂时休战时迷惑世人的伎俩而已。

当世界上的其他国家在这应用娴熟的欺骗下要么冷漠、要么自满——大体如此——中国无论其财政、经济、社会，还是道德正在被毁灭。中国人民，其人口总数在四亿到四亿八千万之间，多年来他们一直是统治者或领袖们剥削的无助受害者，理应当得到世界各国人民的理解和同情。如今，他们不仅处于灾难性毁灭的边缘，而且还被因统治不善而导致的种种罪恶行径所摧残。

毫不夸张地说今天的中国是一个饱受磨难的国家，受困于内部的顽疾，而且似乎无法找到治愈的良方。

医生如果在诊断病人的病情后发现，这个患者身上携带着超过六种严重疾病的活跃病菌，他可能会感到异常震惊和困惑。当我们为中国国内的政治、经济问题把脉时会发现，它就如同那个假设中顽疾缠身的病人一样。土匪般的军队与有军队的土匪、饥荒与疾病、鸦片与文盲、国家破产与经济衰退等，这些一起构成了中国的现实。

自19年前的辛亥革命开始，中国人民就致力寻找一条拯救自己的道路。今天这个国家所遭遇的困境比19年前还要严重得多。日复一日，月复一月，在过去的四年里中国的状况正持续恶化，最近一个时期由糟变坏的情况更是呈现出越来越快、令人惊恐的加速。除非世界上有回天之术，否则情况在有丝毫改善之前肯定是越变越糟糕。

中国今天实际上仍旧处于分裂之中，数以亿计的中国人民还生存于此并遭受苦难。他们目前所受的折磨并不完全是由他们自身的过错或缺陷造成的。美国和欧洲的机器文明与中国文明接触、碰撞后产生的影响，就如同地震对一个现代大城市的影响一样，令人不安！

构成这本书的现实素材和个人感想都是作者在中国居住的四年时间里收集、体悟的。大部分时间里作者作为《纽约时报》的记者，最初生活工作在北京，后来到了位于上海的总部。

这些年的工作需要无数次的远行，范围从遥远北方的东北—西伯利亚边境到遥远南方的香港广东地区，有时沿扬子江溯流而上，有时到山东以及其他内陆省份进行旅行调查。政治危机、饥荒、内战、暴动、传教士和中外教育工作者的活动，医疗人员、政治家、外交官、银行家、商人，所有这些都成为新闻报道的素材。

在此，谨对《纽约时报》和《当代历史》允许转载原来各自刊发文章的部分内容表示衷心感谢！另外，还要再次对《纽约时报》愿意始终如一地支持我的调查，并且向我提供综合信息的必要背景，表达诚挚的谢意！

日本横滨

1930年6月9日

目录

第一章

混乱和比较

在一座城墙高耸、风景如画，人口超过 20 万的中国内陆城市里住着一位风流倜傥、年方四十的绅士。

他虽是前朝官僚的子嗣，但并非满族后裔，而且在美国和英国接受了教育。1911 年夏天，他心怀壮志兴冲冲地回到了自己的祖国，希望能够驱除鞑虏、恢复中华，推翻颟顸腐朽的清政权，建立一个现代化的政府；并将祖国从中世纪的黑暗中拯救出来，建设成为一个屹立于世界民族之林的伟大国家。

因为有这样的壮志与希望，我的这位中国朋友必然是一位革命者。1911 年 10 月，当他恰好 21 岁的时候，武昌起义引发全国革命的消息令他激动不已。1912 年 2 月，这场革命运动以皇帝退位而达到了高潮，原来晨星一般的希望与初升朝阳一般的成就比较起来不免显得太过苍白了。

武昌起义之后又过去了 19 年，我的这位中国朋友也已步入中年。每一年里，他都心怀对自己祖国的一个又一个希望，但又不得不接受一次又一次的痛苦和失望。

如今当他年届不惑，回顾起这 19 年来的动荡、历险、个人财产的损失以及国家日益的贫困，他用苦涩的口吻描述了自己年轻时候的许多革命同仁，其中有些依靠在他看来可耻的外国特权的保障而渐渐变成巨富，还有一些为了保住自己的权势与利益，而无休止地扮演着政治变节者的角色。当他谈论这些人的时候，嘴唇不禁轻蔑地撇了起来。

在过去的19年中，无论是对他的家庭、人身还是财产而言，这位中国绅士从没有获得过真正的安全感。他生活的城市无数次地被围困、被攻占，每当“城头变幻大王旗”，他也就无数次地被传唤到前些年还是苦力、现如今已经成为“将军”们的面前，并被敲诈勒索去一些财产以换取安全。

他生活的城市曾经数次被穷苦的士兵们劫掠，有一次甚至将近三分之一的城池焚毁了。一天夜里他居住的院落被一伙“革命的武装”洗劫了，他目睹了祖辈们积攒下来的金银财宝被一双双沾满鲜血的手抢掠而去。在过去的九年里，他唯一的儿子寄宿在异国他乡的学校；而每当强盗般的军队从远处一接近城墙，他的妻子和女儿们就不得不一次次地被送到距离最近的外国租界以避免受辱的危险。

这位先生19年来经历的种种磨难对于中国人来说，简直毫无例外可言。在当下的中国，数以百万计的人在而立之年，却没有任何机会能够改善他们自己或者至亲家人的生存境遇，几乎整个的社会生活都深深地陷入动荡不安之中。过去的19年除了短暂的和平时期之外，动荡与不安的境况在这个占地球陆地面积八分之一的国家里一直持续着；而占整个人类近四分之一的人口就生活在这种乱世之中。

世界上的其他国家关注着中国革命这个漫长而巨大的痛苦过程，有时因为兴趣，有时带着同情，更多的时候则是事不关己的冷漠态度，但无论如何他们都没有过对中国的真正理解。

1911 年，世界上的其他国家曾向中国革命致敬；从 1914 到 1918 年末这些国家大多忙于有史以来最可怕的战争；自 1918 年以来，它们在致力于疗愈自己的创伤、恢复重建，以及为了确保各自在各条战线上的安全与优势而斗争。

迄今为止，20 世纪最重大的事件是世界大战。俄国革命无疑是可以与其比肩，具有世界意义的大事。所谓中国革命在重要性上则是紧随二者之后，但它还没有达到经典悲剧第三幕时按惯例会发生的高潮，因此也没有人敢于冒险地预言，什么时候它才能够达到第五幕结束前大幕徐徐降落时的平静。

确实如此，世界上有一部分人时不时地会被中国的重重困境所打动，并且开始寻找一些诸如发放饥荒救济基金的办法来减轻老百姓的苦难。在这骚乱而多灾多难的 19 年中，许多团体热火朝天地尝试着向中国人介绍现代教育、现代医学、现代公共卫生方法。许多教派的传教士一直坚持试图向中国人灌输异域的信仰，并且从各方面已经形成了来自美国和欧洲机器文明的压力。

无论是出于善意还是另有企图，无论是切中要害还是于事无补，中国的境况在这些外来的干预和调停下，还是一年接着一年变得越来越糟糕了。国家没有实实在在的复兴建设，人民也没有获得任何福利。只有压迫和饥荒、勒索和屠杀、沦落和虐待，只有一个长长的不平等清单，如同令人怜恤的济济草民在整个人类历史的长河中所经历的一样。

造成这种持续不断、让人无法忍受之混乱的原因有很多；这种情况长期无法得到改善的原因，通过比较的方式来陈述可能更便于大家理解。

这块被称为中国的辽阔大陆有远比美国陆地更大的面积，但为了便于比较，我们设想两个国家的规模大体相当。然后想象一下蒙古的浩瀚沙漠就如同加拿大西部的大部分地区都被黄沙覆盖；想象一下西藏屏障一般矗立的群山就如同加利福尼亚漫长的太平洋海岸线；想象一下中国与缅甸和法属印度支那边境的情形就如同沿着美国南部边界由山峦和丛林组成的蛮荒之地一样。

然后，再让我们想象一下这个圈起来的所谓“美国”却只有七千英里的铁路，只有为数不多的几条里程不长、除了两轮马车之外什么都不能通行的公路，即使这样的公路大部分也被一股股流动盗匪频繁地骚扰和威胁。

挤在这个想象出来的“美国”当中，那些可耕作地区的密集人口大致在四亿到四亿八千万之间。他们之中或许有90%的人口都是文盲，口中说着南腔北调的各种方言，头脑中则是根深蒂固的因愚昧而导致的迷信，他们口袋里的钱如果用美国货币来衡量，则每人每月平均不会超过五美元。

假如这个想象出来的“美国”真的存在，只有空想家、傻子或者骗子才会断言它会在未来短短的几年中联合起来，也只有空想家、傻子或者骗子这样一些人才会把它称为“共和国”。

现在再来设想一下这个想象出来的“美国”拥有一支大约由250万社会底层的青壮年组成的愚昧武装，他们中的任何一支队伍都会为了任何派系或者任何理由而听从任何指挥官的命令去卖命打仗，只要这个长官无论是通过引诱还是通过诈骗可以筹集到足够的金钱给他们提供食品和衣服，并且时不时地给他们几块银圆。

这些军事长官掌握着自己控制的地盘上老百姓的生杀予夺大权，让我们将触角伸向这些愚昧但诡计多端、贪得无厌、野心勃勃、寡廉鲜耻的指挥官，从社会的深处对这些指挥官中的大多数进行剖析。再想象一下那些手无寸铁的无助百姓，他们被逆来顺受的观点所恐吓，忍受着种种横征暴敛、苛捐杂税，还得忍受那些腐败或怯懦的地方行政官吏。

为了使这张虚构的“美国”图景更贴近今天中国的实际，你还必须想象一下将近十分之一的人口长久地生活在适当的营养线以下；必须再想象一下在那遥不可及的地方，每年旱灾和洪涝灾害波及的广袤区域里，数百万人口不得不杀戮、食用所有活着的牲畜甚至是狗，而现在维持生命则主要靠吃树叶、树皮和草根。

然后，让我们再想象一下，它的首都南京就如同美国的华盛顿，它的长江就如同美国的波托马克河，有一群男人正试图统治这块辽阔无垠的苦难之地。想象一下，这个政府不断地被迫发动一场又一场的战争以维持一种岌岌可危的不稳定生存状态。想象一下，这个政府大约二十分之十九的财政收入都被用于军事目的和偿还外国银行的利息。

在美国和欧洲，人们最近经常会听到一个越来越不耐烦的问题，“为什么中国不能安定下来？”

但是，我们在上边虚构出来的这个“美国”会安定下来吗？我们能想象一个债务负担沉重、总是处于被动防御状态的“华盛顿政府”能够给如此辽阔、如此骚乱的国家带来和平和稳定、秩序和安全吗？

第二章

目前的中国

对于世界上其他国家的人来说，要想真正地了解中国，那么多重复几次下面这句古老的谚语一定是极为有益的：如果想知道一个政府是好是坏，就在那里生活。世界上那些从未到过中国的民众，对于中国当下的困境秉持一种无动于衷的冷漠态度是完全可以理解的，更何况中国除了耗费人们的思虑和时间、精力和过剩资金之外，自身还有许多其他的危险问题。

不过从目前的态势来看，当失业像瘟疫一样仍然在很多工厂过度建设的国家中蔓延的时候，今天的中国依然是世界上最大的未开发市场，它为许多国家的经济和工业困境提供了一个潜在的解决方案。但是在中国对世界上的其他国家发挥有益的作用之前，她首先需要获得帮助。在她能够购买世界上其他国家愿意出售给她的商品之前，她首先需要获得和平与秩序以及人身与财产的安全。简而言之，中国必须首先拥有一个能够真正实现统治的政府以取代那些为了在各自地盘上获得收税权而进行的无休无止的谈判与战争。

无比勤劳、节俭，非常友善、质朴的中国老百姓，无论身处何种巨大的灾难之中，都能保持足够的乐观并且在赤贫的情境下奋起。五年稳定而良好的统治，就可以给中国带来超过世界其他地区的巨大成效。它也许意味着中国人个体平均收入的倍增。中国人每人每月平均赚取的将不再是可怜的十块银圆（这个数额现在远少于五美元），而是大约能挣到二十块银圆。在收入增加的时候，生活的基本开销却很少会增加一倍，所以看起来普通中国人的生活将呈现出难以置信的繁荣，可以购买至少两倍的世界上其他国家愿意出售给他们的商品。

地球上近四分之一的人口其收入可能会成倍地增加，这对世界上的其他国家必然产生深远的影响。一些非常睿智的中国人早已洞悉了这一点，并且认识到如果中国不能使自己的家园秩序井然，那么利己主义必然使得世界上的其他国家最终将干预中国的内政。他们再自然不过地开始担心和怀疑，列强们最终可能会采取一种所谓“友好”的方式来介入中国的内部事务，这种干预不是明目张胆地通过失业、救济、闲置国内工厂的方式，而是表面上采取人道主义的动机，以便给混乱中的中国带来秩序并且结束中国饥荒和瘟疫、苦难和逐渐解体的命运。

在当下采取这种方式的国际干预显然不是深思熟虑的。列强们通过草率地承认南京政府、修订各种条约，直至勇敢地放弃了在华的条约特权来试图给予南京政府和中国人民足够的“面子”。但是，如果现在的南京政府被推翻，而且中国所有的迹象都表明这样的结局完全是有可能的，那么接下来中国将会陷入一段混乱的时期，世界上的其他国家也将不得不为此而展开磋商。一旦南京政府被推翻，联合起来的反对派系，在他们完成颠覆任务之后的半年内势必又将反目成仇，那么地方主义和内战就将以前所未有的规模重新出现，人民的贫困和苦难不可避免地将会雪上加霜。

这样一种干预，事实上却加速了那些绝望的人们情愿去尝试更加绝望的解决问题的方案，其原因虽然未被完全揭示，但近在肘腋的苏维埃俄国持续不断地向中国极力宣传共产主义学说，认为唯有共产主义才能给中国带来和平与繁荣，并使得中国在世界上再次崛起。

过去的12年里，“共产主义威胁”在美国和欧洲的报纸上被过度渲染，以至于它不能再让这些大陆的民众感到新鲜和刺激。但在亚洲，这是一件非常现实的事情。不仅在中国、印度、马来半岛、菲律宾、苏门答腊、爪哇，甚至在整个远东地区，共产主义者一直忙于在穷苦百姓和受压迫者当中做宣传。除了日本之外，几乎所有东亚国家的当地民众不是属于前者就是属于后者，或者常常同时属于这两种类别。

中国绝大多数的老百姓亦是如此，他们既是穷人又是被压迫者。中国和俄国的共产主义活动家不仅被赋予一年内在中国放手进行宣传发动的权利，而且成为为国民革命军的发展铺平道路的秘密先驱和同谋者。

1926年6月，国民革命军从广州开始了他们的北伐。此后一直到1927年7月，中国和俄国的共产主义者不仅自身获得了较好的发展，而且马不停蹄地在国民革命军中开展工作，每天给士兵们讲课。在国民革命军跨过扬子江，进驻汉口，横扫北方之后，共产主义组织者为自己身后留下了红色农会和工会的种子。

孙中山先生已经去世五年多了，自那以后，中国的民族主义已经带有排外主义的色彩。如果这时再进行干预，极可能会引起种种愤怒不满以及充斥于广大民众中的不合作情绪。在最近一次关于此事的讨论中，中国一位举足轻重的哲学家宣称，他甚至认为即使仅仅讨论由各国联合起来进行干预的可能性，也会对中国的政治产生有益的影响，并将迫使各派军阀达成休战协议，组建一个相对稳定的联合政府。最后，他引用了一句中国古老的格言：“出则无敌国外患者，国恒亡。然后知生于忧患而死于安乐也。”

第三章

中国将变成红色

1929年一月接着一月，直到1930年初令人震惊的消息仍在源源不断地从中国华中和华南地区传过来。这段时期，共产党领导的队伍迅速发展壮大，不断地占领城市和乡村，被称为红军的武装力量正在迅速地崛起。

后来，地方甚至各省当局，都向南京政府一次又一次地报告，共产党的势力已经变得如此强大，以至于进一步的抵抗变得毫无希望。随着共产党控制的地区不断扩大，那里俨然成为天高皇帝远的三不管地界。来自共产党所控制地区的新闻很少，但偶尔会从逃到上海、广州或香港的人那里传来一些消息，那里已经成为共产党的天下。

这是否意味着中国正在慢慢变成红色？

如果是这样的话，为什么共产党的力量会在中国的南方得以发展，而不是在遥远的北方或者在东北，那里是中俄两国接壤的边界，在那里接受共产主义的影响似乎更容易一些。

病急乱投医，绝望的人们总是尝试绝望的治疗。因为可怕的恶政和无耻的剥削，今天大多数中国老百姓正面临着如此绝望的情形，就像1917年俄国军队所面临的一样，甚至还要更加严重。

中国人民过去忍受着清王朝残暴无道的统治。由辛亥革命点燃的希望之火，在其后的19年间不断遭遇失望或者背叛，军阀们已经毁了这个国家，美国和欧洲工业文明的冲击造成经济上意义深远的混乱，传统的家训家规已经失去了从前的效力，而中国的各种宗教也不再像以往一样能够控制人们的思想。

作为高明的能够解决所有问题的灵丹妙药，共产主义怎么会不引起贫苦大众最广泛的强烈诉求呢？在巨大的贫困人口中超过90%都是文盲，一般来说他们仅仅知道一些当地的事情，对外面的世界几乎一无所知，其眼界所及充其量也就在本省的范围之内。

大多数的中国老百姓仍然太过愚昧、无知和狭隘，甚至连最模糊的国家概念都没有，更别提世界事务了。迄今为止，他们仍然没有能力明白，所有的保守派领导人都不能改善他们那几乎无法忍受的生活境况，而且这种生活状况，还被伪装成了幸福的生活。但是他们早已焦躁不安，对境况发展越来越坏也十分不满；他们感到痛苦并伴随着巨大的失望。

换句话来说，在农民、吃苦耐劳的苦力、数千万过度劳累的工人等这些中国老百姓当中，所蕴藏的革命因素已经渐渐齐备。如果有人鼓励他们去追求像俄国一样的革命道路，并将斗争的结果描述为没有压迫没有剥削，无处不均匀、无人不饱暖的太平盛世；而这几千万下层民众却没有按照共产党所宣传和鼓动他们去做的那样去做——齐心协力地打倒城市劣绅和资产阶级、实行土地革命并且不再支付地租、打倒反动政府和统治阶级，通过革命的行动将自己从军阀因不断扩张的政治野心和贪欲而逐年增长的税收负担中解救出来——反倒令人不可思议了。

被困在穷山恶水环境中的中国共产党所控制的根据地在战略上威胁着南京政府的安全与存在，并将其置于一种进退两难的境地。中国北方一直是反对南京政府的保守势力进行公开叛乱的大本营，基于这一事实大部分南京政府的军队都开拔到了长江以北。而共产主义运动则迫使南京政府不得不对共产党所控制的根据地进行军事清剿，那里共产党的宣传鼓动工作得到了最广泛的认可，并且牢牢抓住了民众的思想。

在中国，最靠近俄国领土的东北和北方诸省，一直对共产党人保持着足够的警惕。但莫斯科的代表和组织者却在中国南方受到了欢迎，并且为他们传播理论提供了非常优越的条件。

早在1923年，国民党组建的广州革命政府为了能够获得援助而转向俄国后，俄国的宣传人员就受到了南方政权的欢迎。中国共产党正式与控制着广东政府的国民党展开了交往和合作，并且共产党很快就和他们的同情者，也就是革命的左翼联合起来控制了国民党政策的制定权。

孙中山先生于1925年逝世，1926年他的追随者一直走在国民革命的前列，开始了注定要横扫中国大部分地区的北伐运动，并以1928年夏天夺取了北京和天津为标志达到了整个国民革命运动的高潮。

1927年仲夏之前，几乎中国长江以南的所有地区和相当可观的长江以北地区都被国民革命军占领了。这一时期，武汉的国民党右翼与共产党和国民党左翼关系破裂了，后来国民党右翼在南京组建了新的国民政府。这一决裂开始了国民党右翼对共产党无情镇压的阶段。但是在1926年6月到1927年7月期间，中国和俄国的共产主义宣传者，加入或者紧紧跟随国民党的军队，取得了在华南大部分地区对农民、学生和劳工传播共产主义的机会。在人口稠密的长江流域居民中，这一比例超过了50%。

这些宣传人员告诉老百姓，国民革命军是他们的救星。但当南京的国民党派系与共产主义及其活动方式彻底决裂时，人民从恶政和敲诈勒索中解放出来显得与以往一样遥不可及。宣传人员告诉民众，他们的事业被出卖了。一旦南京从这些地区撤出军队的时候，成千上万所谓的共产党人就迅速把主动权牢牢控制在自己的手中，夺取土地，进攻城市，消灭官僚阶级，并且建立苏维埃政府。

大多数中国人，至少有90%并不知道共产主义到底是什么或意味着什么。中国变成红色意味着绝望和饱受折磨的人们已经接受了诸如“分田地，抗租税”，“废除资产阶级和封建地主的压迫”，“杀死所有压迫农民和工人的官僚”这样一些符合他们心理的思想。

换句话说，如果中国转向共产主义，这种运动将会吸引或逐步培养出领导者，这些人有可能是年轻知识分子和来自农民、苦力或其他劳动阶级当中年富力强、有魅力人格的优秀分子组成的混合体。即使是那些不幸的出身于社会底层的文盲领导者，也会在斗争过程中逐渐显露出来。

民族主义在中国产生影响的任何地方，都已经不同程度地有了反对外国势力、反对不平等条约特权、反对外国债务压力、反对外国租界存在和商业利益的自觉。假如中国真的变成一个共产主义国家，那么日本在东北的地位马上将会变得岌岌可危，状如累卵。各国在北京公使馆的外交人员、在上海的国际结算组织、停泊在中国沿海和内陆水域的外国军舰和炮艇、在华的所有外国租界都将很快成为共产主义中国的革命目标。

长期以来，中国所有的派系和演说家都在向自己的国人宣传一种观点：对外国的妥协退让，以及由此导致的外国人在华享有条约规定的治外法权和其他各种特权，是中国国内所有问题产生的罪恶之源。接下来唯一合乎逻辑的结论就是，一旦这个国家被共产党领导，他们必将加倍地谴责资本主义列强在中国享有的特殊地位。

即使中国的一部分处于共产党的领导之下，哪怕仅仅是名义上被称为“苏维埃共和国”，那么它也会对大多数亚洲国家产生深远的影响。

已经躁动不安的菲律宾，将会为了独立而发出新的呐喊。几乎可以肯定的是，法国将不得不应对印度支那一次次新的起义。在爪哇，荷兰人早已经被共产主义所困扰。在印度，叛乱的火焰甚至会比以前更高。在远东的任何地方民族主义都在酝酿之中，发酵的压力随时可能导致外国统治的旧瓶子发生可怕的爆炸。

外国列强们对在中国出现的，将会深远地影响它们在远东地区地位变迁的不祥预兆会持怎样的态度呢？

他们会袖手旁观、无所作为吗？或者他们会通过支持反对共产主义的派别来积极地干涉中国内部事务吗？第一次世界大战之后，他们曾试图在西伯利亚进行类似的干预，但最后的结果是既没有带来荣耀，也无利可图，赔了夫人又折兵。

许多中国知识分子认为如果国家把共产主义作为解决当前无法忍受的苦难生活的一个方案，世界上的其他国家对中国进行任何干涉都将是犯罪。这些知识分子指出，外国列强从来没有采取任何切实的行动来帮助中国，因此他们没有权力阻止中国人民尝试任何可能带来希望的治疗方法。

中国的面积是如此广袤，以至于共产主义极有可能作为一种信仰或一种思想击败现有的统治者。共产主义在中国要么获胜、要么灭亡。无论这场斗争的结果如何，中国人民似乎都必须进行不可避免的斗争。

第四章

形式上的统一

1928 年 6 月，由诸多唯利是图却毫无国家主义信仰的将军率领的联合武装力量，最终占领了北京和天津地区，通过这支人员庞杂的国民党军队，南京政府将直至东北边界的整个中国置于自己名义上的统治之下。

曾是北京的独裁者，并且恢复了旧日帝国时期许多规章和仪式的张作霖元帅，在乘坐火车撤回自己老巢首府的途中被炸弹炸死在奉天城的郊外。

在那年夏天，古老的北京城又见证了一场伟大或者说近乎伟大的盛会。单就军事活动而言，这场革命简直可以称得上是一个完整的事业。关于复兴建设、解散军队、启动庞大的公路和铁路建设项目等问题都开展了充分的讨论，以便让退伍军人可以找到新的职业。世界上的其他国家被告知中国的统一已经是一个完成了的事实。那些对和平的长期性持怀疑态度的人被冠以“顽固派”“反动派”甚至更难听的称呼。

在夏季的几个月里，一批与众不同的文职和军人领袖涌入了中国这座古老的都城。当对这些领导人的性格特征和他们的政治、军事记录冷静客观地加以分析之后，显而易见的结论是内战必将继续进行下去。尽管一些领导人的愿望很好，而且也丝毫不必怀疑他们的诚意，但要建立一个稳定的执政联盟必然会以悲剧性的失败而告终。

在攻占北京和天津之前的三个月里，大部分战斗都是由所谓“国民军”完成的。这支由 30 万强劲的、经验丰富的老兵组成的队伍在 1926 年早春被逐出北京之后，完成了将近 7000 英里史诗般的行军，其路线是先向北、向西，在蒙古国南部回旋后又适时地回到中国遥远的甘肃省，从那里向东通过陕西省和河南省，并从南面发动了对北京地区的攻击。

当然，还有国民党的千军万马也已经通过山东向北奋勇前进了。

还有山西的军队已经越过了山西东部的太行山脉，从西边直逼北京。

当桂系将领率领着 6000 人的警卫队从东北角捷足先登地进了北京内城后，他们的 6 万名军卒就围着北京的外城墙扎下了营盘。

桂系的一个将领最精练地总结了对 1926 年夏季形势的乐观看法。他在一次向美国通气的官方谈话中宣称：“一些新生的事物已经出现在死气沉沉的中国，变革的力量正在这片利己主义者无法控制的古老土地上被释放出来。”他继续说道：“那些缔约国的使节，也就是生活在这个国家里的大多数外国人，甚至是绝大多数的中国人都没有意识到这一变化。”“就中国领导人而言这些新生事物是真实的，就中国成百上千万的公民而言，这些新生事物还要再加上爱国主义和公共精神的诞生。”

“那些不了解新中国的人相信，一旦国民党攻占了北京就会发生分裂。他们用曾经正确地判断北方军阀的旧标准来评判我们。因此他们预料，我们一定会为战利品的分配而发生争吵也是再自然不过的事情。”

“但是表面上的奇迹已经发生，即便我们中的一些人不够真诚，但还是认识到，如果今天我们依然试图遵循旧的自私的制度，那么立即就会失去我们的追随者、支持者，我们绝大部分的力量。”

这些话语听起来冠冕堂皇，也非常符合外国人的胃口。然而距此讲话还不到 9 个月之后，桂系就于 1929 年 3 月发动了针对南京政府的武装叛乱。

在 1928 年夏天西北军同样满腔热情，但到了 1929 年 5 月，他们的军队却开始挖掘战壕，并且炸毁了铁路桥梁以阻止南京方面军队的前进。另一位在 1928 年夏天宣布已经完成了统一大业的将军也于 1929 年初离开了南京，随即对南京国民政府进行了谴责并着手进行战争的准备。

桂系军队当中 6 万名士兵的命运是说明中国军队实际情况的一个很好例子，无论他们在什么时候被贴上什么标签，都是纯粹的雇佣军，愿意为任何原因或任何派系而作战。

当桂系将领在 1928 年 6 月率领军队北上北京的时候，如果任何人表达出对他们拥护国家主义和效忠南京政府持怀疑的态度，都只会遭到他们的攻击和谩骂。但是当他们在 1929 年初逃走时，这一庞大军队的指挥权完成了权力的交接并且得到了南京政府的认可与支持。新的桂系领导曾在 1927 年表面上效忠南京政府，后被南京方面打败之后逃到了日本。他被南京政府斥责为共产主义者和国家的敌人。但还是这个人，在 1929

年初得到南京方面的批准从流亡的日本回国，并在华北登陆接管了桂系的 6 万名精卒的指挥权。

中国各派系的将领们频繁地改变着效忠对象，其原因许多是出于纯粹的国内政治考虑。一些人被认为受到了共产党的影响，而另一些人则是左翼的追随者，反对中央集权政府的统治。一些将领无疑是南京政权的坚定反对者，因为他们对第三届国民党代表大会的合法性提出了质疑。

1929 年 3 月召开的国民党“三大”本来有望被从各个地方支部和省级总部中选举出来的左翼代表所主导，但南京政府认为此举会让政府的稳定受到威胁。因此，许多左翼代表被禁止履行其职责，其空缺的席位被南京专横指定的人选所取代。对裙带关系和腐败的指控，以及对蒋介石想要成为独裁者野心的推测，也激怒了许多头面人物，使其成为南京政权公开的反对派。

这种混乱的局势导致了许多“清党”运动，南京政权的支持者提议驱逐整个集团中的反对派。那些被驱逐的成员和派系理所当然要质疑驱逐的合法性，并且宣称党的机器已经被“篡党夺权者”控制在手中。

世界上的其他国家对于中国发生的这些内部纠纷无能为力，但它们有权利对这些唯利是图、朝秦暮楚的忠诚进行权衡，对这些因内部纷争而足以导致中国连绵不断内战的情形、对促使超过四亿人口越来越接近赤贫进行评估和权衡。

中国的这种内部局势不仅毁坏了她的铁路，吞噬了她的税收，而且使得遣散中国庞大军队的计划根本不可能得以实施，还逼迫成千上万的人成了强取豪夺的亡命之徒。

1926 年春天的广州不仅被中国之外的世界忽视，甚至被上海嘲笑，但一股强大的革命浪潮正在那里汹涌澎湃。这股革命洪流破坏的潮头一直冲进了 2000 英里之外北京城的大门，直到 1928 年夏天才开始渐渐退去。

如果实现了祖国的统一和繁荣，那么这场付出巨大成本的经历也算是值得的。但是现在占领北京已经将近两年时间了，内战没有结束，国家没有统一，军队则比以往任何时候更为庞大。值得注意的是，自从共产国际的俄国顾问和宣传人员被逐出国民党以后，那种象征着 1926 年革命运动的热情几乎已经消失殆尽。

今天我们看到每一位将军和政客都在反复地表达他对国民党的忠诚以及对已故孙中山先生所倡导主义的拥护，但在大多数情况下这不过是口头上的表态。对大多数地方军阀而言，他们如今所关注的所谓对“党的忠诚”，就如同每一位中国将军在 1911 年至 1926 年间曾宣称对“对共和国的忠诚”一样言不由衷。

这种情况最令人沮丧的一点是，中国人民曾在 1927 年至 1928 年间，将国民党军队看作把他们从北洋政府无法忍受的腐败和恶政统治下解放出来的拯救者，但如今他们不仅希望破灭而且生活更加艰辛。

两三年前的承诺未曾兑现，南京政府也并未能真正改善中国人民生活的困窘状况。虽然它不得不进行一场场连续不断的战争以便巩固政权的托词足以成为重建工作失败的理由，但这个借口并不能化解中国民众的失望情绪，也不能使中国的不幸变得稍稍容易忍受。

第五章

政党、政府和反对派

1930年6月初，在国民党占领北京城两年之后，除了东北之外中国又一次卷入了一场大战。南京政府面临来自北方和南方武装力量的夹击，并且许多地方的土匪泛滥成灾，共产党的根据地也有星火燎原之势，这迫使它不得不再次为生存而斗争。

率领各自的军队反对南京政府的将军们和为他们站脚助威的平民政治领袖，正是那些使得国家主义可能取得了表面上胜利的人，也是1928年在占领北京过程中做得比南京方面更多的人。

1930年反对者的每一个派别都宣称忠诚于国民党的纲领，每一支与南京作战的部队都飘扬着国民党的旗帜，当然那也是南京政府的旗帜即中国的国旗。这个政党无可救药地四分五裂了，一个民有、民建、民享政府的假象被赤裸裸地暴露出来了。

分裂、争吵、破坏、中断贸易、对农民和市民横征暴敛、毫无节操的叛变和公开用金钱赎买“忠诚”，这些成为1930年国内战争的突出特征。他们的所作所为与1911年以来频繁发作、令人震惊的战争特征相比，已经到了登峰造极的地步。

1930年的图景因不计其数的任命授权和政治表态而生动起来。南京方面宣称，只有自己才是国民党唯一的真正代表。它谴责一个反对它的派别是“旧的封建主义者”，而另一个则被称之为“半共产主义”的集团，其他各派系也都被贴上“反动派”的标签。

然而，值得注意的是自从1928年“统一”以来，被南京方面冠以这些恶名的反对派并没有在多大程度上改变他们的原则或政策。1930年，“半共产主义者”并不比两年前更激进，保守派也并不比原来更封建。

在整个“统一”时期发生的绝无仅有的变化是，每一位领导人都登上了国民党的“宣传车”，他们都试图把党的政策的原则曲解得更加符合自己的愿望。当然，如此“统一”并没有实际意义，就像美国那些主张执行、修改甚至废除“禁酒令”的人们在一个统一的政党中鸡飞狗跳地去控制党的机构；或者就像英国的保守党、自由党和工党联合组建一个“国民党”，然后为争夺控制国家的权力而斗争一样。

在1930年底之前，南京政府既可能会“赢得战争”，也可能会被反政府武装推翻。但是，即便南京赢了，它也无法把国家团结凝聚在一起；如果南京被打败和推翻，那么胜利者很快又会陷入自相残杀的局面。后者一旦发生，“南京集团”中最顽强、最具野心的人，将会结束流亡生活或者走出隐居的状态重新努力建立自己的政权。无论哪一方取得了暂时的胜利，中国都没有和平的希望，任何中国的领袖或集团都不可能有足够的力量来结束中国人民的痛苦。

表面上实现了控制，但内部存在那么多派别斗争的国民党到底是一个什么组织？贯彻什么样的原则？以至于目前有这么多掌握实权的将军都强烈地表示持有异议？

国民党作为一个政治组织，其久经考验的党员人数没有超过中国4.8亿人口中的千分之一。

1929年国民党的总人数为422022人，其中172796人是各种军队中的军官和士兵，202321人是分散在中国许多省份中的普通民众，还有47906人则是生活在国外的华侨。不管怎么说吧，这些都是1929年春天召开的国民党第三届党代会秘书处给出的官方数字。

同年10月，国民党的组织部虽然也声称拥有大体相同的党员人数，但公布的“分类”统计数据与3月之前公布的士兵党员人数存在很大的差异。10月的统计数据如下：

士兵，23%；工人，29%；自由职业，25.7%；学生，10.4%；商人，4.3%；农民，7.5%。

这是一个凌驾于不能自主的四亿八千万人口之上结构奇特的组织，它用自封的独裁权力去建立和控制政府，并以中国的名义与世界各国订立条约，而且还独揽了所谓“训政期”里教育中国人民的大权，而所谓的“训政期”即是假定在它之后紧接着就可以建立起基于人民意志的宪制政府，或者是国民党判定中国人民已经准备好了自治的时期。

由已故孙中山先生创立的国民党，在鲍罗廷被派往广东的时候按照苏联的方式进行了重组，今天它已经凌驾于南京政府之上。它自身就是法律，甚至可以否定政府领导人的决议。

无论在中国的什么地方，只要有足够多的成员，国民党的“地方支部”就会被组织起来；这些“地方支部”被授权选举出代表去参加假定每年举行一次但在现实政治生活中未必能做到的“代表大会”。依照次序，“代表大会”再选举出中央执行委员会，然而因为中央执行委员会不是连续工作的，所以中央执行委员会又依次选举出一个常务委员会，当中央执行委员会休会期间，由它代为行使权力。在中央执行委员会之下还有一个中央政治委员会，它被授权在全国各省及其地方组织政治委员会的分支机构。而这些地方的，特别是华北的政治委员会被专政当局赋予了一些特殊重要的职能，以至于频繁地引发了与地方平民和军事当局的冲突。

国民党最高委员会的组织机构为中国拟定了一部《中华民国国民政府组织法》，并于1928年10月10日郑重其事地对外颁布。这部文献被赋予中国临时宪法的重任，直到“训政期”顺利结束。

按照国民党拟定的组织法，它将提供一个由五大权力系统构成的政府方案。南京政权将其名称由南京国民政府改为中华民国国民政府，由五个部门或“院”组成，即行政院、立法院、司法院、考试院、监察院。国家委员会由12名到16名委员组成，五院的主席和副主席将从中遴选产生。

这个煞费苦心设计出来的臃肿政府机器，被人们寄予保证公民权利高于军事权力之上的厚望，但是诸多事变的压力和南京政府一建立就被迫为了生存而卷入无数战争的实情，给了南京政府军事独裁的权力和地位。无论武装力量是否能受到约束，这个国家保持和平都是一个有待争议的问题。

持续不断的叛乱和兵变在1930年夏季到来的时候达到了高潮，对南京政府的强大攻势迫使它采取了许多高压政策以进行自我保护，而这些措施又只会增加反对者的数量和仇恨。所有拒绝向国民党独裁政权屈服的人，至少在名义上都被开除出党；无论是来自个人还是来自媒体的批评也受到了严厉的惩罚。独立的思想已经被官方加以禁止，为了保持某种表面上的权威，南京政权不得不采取了如暴君般残忍的态度和办法。

当然，这些事态的发展，给了敌对集团和派系反对南京政权新鲜而生动的宣传材料。不过公道地说，是不是南京政权在任何时候采取温和、怀柔的政策都能够比采取残忍而无所顾忌地利用一切可以利用的力量来打倒和抹黑敌对派别及其领导人就能取得更大的成功呢？这要打一个大大的问号。

国民党的统计数据显示，如果不算海外和士兵当中的党员，国内所有阶层中的国民党普通平民党员，在其各自的社会组织中都是明显的少数派。而且，超过四分之一的普通党员居住在以广州为首府的南方诸省。有六个省各自宣称其国民党员人数都在一千人以下，还有一个省宣称本省连一个国民党员也没有。

一段时期，特别是当共产主义正如日中天的时候，国民党给了那些试图真正统一国家的民众以郑重的承诺，但争夺政党控制权的内部斗争使它疏远了一些大的政治集团，今天南京政权的支持者可能只是些少数的爱国主义者和有政治意识的人。对反对意见或批评的狭隘态度以及为生存而苦苦挣扎的斗争，使党分裂到似乎毫无希望的程度。试图垄断领导权很可能已经导致丧失了领导权，如果现在的南京政权被颠覆后仍然存活或再次掌权，至少在很长一段时间内它将只能充当武力守护者或者革命斗争发起者当中的一翼了。

坚决致力于南京政府统治的武装联盟在 1930 年初夏终于发动了一场殊死的军事斗争，他们计划一旦军事取得胜利将倡议召开国民代表大会；但即使这个计划得以实施，其所代表的各派力量又是如此不同，而且不可能将国会的意志强加给那些坚决不同意其决议的地方军阀，因为他们无法对持久的和平给予任何实际的承诺。

在南京政府为生存而进行防御斗争时候，反对派的主要领导人在 1930 年夏天正斡旋组成最新的军事联盟。

在 1930 年内战开始的几周内，除了那些名字或多或少为外面的世界所熟悉的主要领导人以外，一群下层军官在政治和策略方面同样扮演了重要的角色。这些人控制整个省份或仅仅占据着十几个县，手里军队的人数从两三万到十余万不等，他们都声称效忠于国民党，而且大多数都把自己的身家性命押在了那些可以给他们提供最多金钱或最大地盘的大军阀身上，或者屏住呼吸仔细观察战场上的胜负态势如何转化，然后他们就可以向最有可能取得成功的派系宣示“忠诚”了。

尽管是如此混乱的局面，但许多中国人却认为，南京政权是中国自 1911 年满清王朝倾覆之后已知的最好政府。虽然他们也承认南京政权连一个复兴的计划都没有被认真地加以落实过，确实令中国人民和世界其他地区失望；但他们以自己的人格做担保并真心地认为：如果不是遭受了持续的军事袭击而不得不消耗掉所有的财政收入，并且在战时对于独立的思想和行动采取严格的强制措施，南京政府一定已经为中国的福祉事业做了很多贡献了。

这真真切切的痛苦构成了中国悲剧的一部分，中国真挚的爱国者其分歧是如此之大，以至于为自己设定了建立政府并教导中国人学会如何管理自身任务的国民党都被撕裂成不可调和的派系。

由于积怨和仇恨使爱国者们出现了分裂，而见利忘义、满怀敌意、野心膨胀又使得许多军阀采取了朝秦暮楚的政策，如此一来，那些没有发言权又手无寸铁的亿万中国百姓出路在哪里呢？

第六章

礼崩乐坏

对所有中国民众生活景象最贴切的描述，或许就是他们生活在一个礼崩乐坏的时代。不仅法律、秩序和政府，甚至古老的道德和伦理准则都已经悲剧性地解构了。几乎同样令人沮丧的景象是，这里的领袖们拒绝正视或承认如此江河日下的败坏过程，他们甚至谴责那些充满忧患意识并警示他们的人是“中国的敌人”，因为这些人认为，目前发展趋势可能导致种种可怕后果。

去东方的普通游客很少能看到真正的中国。通常他们的船只仅仅在上海和香港停泊，如果是前者，他可能除了外国人控制的国际居住地和法租界之外什么也看不到；如果是后者，他看到的根本不是中国，而是英国管辖的殖民地，虽然那里的大多数居民是中国人。

如果这些普通的游客还具有冒险的精神，他就可以从香港出发顺珠江北上去游览广州，那里已经是一个经过大规模重建的现代化地区了。他也可以从上海北上去看看青岛，那里是德国人在渔村基础上建造起来的一个令人赏心悦目的小城市。然后他可能还会造访天津，但也只是在外国租界里转一转，决不会踱出去。在北京城，除了富丽堂皇但日渐衰败的紫禁城，除了拥有独特魅力，出售各类古董、丝织刺绣饰品的年久失修的胡同，除了外国人控制的使馆区及其周边之外，他几乎就看不到什么值得光顾的地方了。如果足够幸运，他可能会被邀请到一户居住在别致而摩登的中国房子里的外国朋友家中做客，那里干净整洁，有木地板、电灯、自来水管道以及集中的供暖设备。

如果这位游客再从天津、北京出发北上到了东北三省，他将被强烈的反差所震惊和迷惑。与中国大部分地区相比较，他会发现自己仿佛置身于一个令人啧啧称羡、充满希望的繁华之地。造成这一巨大差异的原因是日本早已向中国所有的派系宣布，绝不允许在东北发生任何形式的内战，别的地方除了可以谈论在东北发生的事情之外，别指望在那里能做点儿什么事情。

也许这位旅行者会登上美国、英国或日本的轮船，或者冒险溯长江而上来到汉口，在那里他会看到一些保存下来的外国建筑群，并且会在管理得很好的上等人俱乐部那宽敞的阳台上欣赏调制杜松子酒的表演；或者沿长江而下在中国新的首都南京停留，那里有崭新的中山大道、中山陵以及国际俱乐部。

即便走了这么多地方，他还是没有看到真正的中国。不包括东北和新首都南京在内，他所看到的这些中国城市在过去的几十年里深受外国的影响。他接触到的可能只是生活在外国租界或者租界附近的1000万到1200百万中国人，但他对中国其余4亿（或者是4.8亿）人口的生活和劳作状况几乎一无所知。他对他们究竟遭受了政府怎样的蹂躏和压迫，以及他们被欺凌到什么程度毫无概念，想当然地以为这里就如同美国和欧洲一样，政府管制在这个占世界近八分之一面积的地方已经不复存在了。

来源于中国的消息，比外国专家或调查者能更好地讲述它自己的故事。下面关于中国衰败瓦解的例子来自中国的新闻媒体、通讯社以及 1929 年至 1930 年 1—2 月间的访谈。在这短短的 14 个月时间里，中国人民经历了恰如欧洲中世纪以来未曾知道的种种苦难。

“军阀们除了给我们留下无尽的泪水，什么也没有留下”，一位中国朋友在看完下边将要陈述的一年来收集的剪报和笔记之后说道。“他们简直就是在敲骨吸髓。”

1929 年 11 月，一份在河南省调查之后的中国官方报告以这样引人注目的段落开头：“河南遭遇了 300 年来前所未有的灾难。老百姓生活在水深火热之中，欲哭无泪。这远非是外国人所能够想象的。”

在这个报告中讲道：许多详尽的情况是在对渑池地区调查后发现的，那里长期以来兵荒马乱，即使在 11 月的内战爆发之前，渑池也接连不断地遭到了来自山区强盗团伙的袭击，一千多个城镇和村庄被抢劫和焚烧。在这些村庄里超过五千二百人被屠杀，一万多人被绑架到山里并被勒索赎金，还有超过四万头的牛、马、驴等牲畜被强盗们掳去。

这篇报道用形象的中文说道：“当强盗们绑架了一个人并索要赎金时，会首先用铁丝刺穿他的双腿并将其绑住，然后把他像鱼一样用绳子吊起来。当盗匪回到自己的山寨以后，会审问这些俘虏来的人质并且用镰刀砍刺他们迫使其说出自己所拥有的财产和藏匿之处。如果人质在回答问题时有半点儿犹豫，他们立即就会被拦腰劈成两段作为对其他人质的警告。盗匪们还会迫使村民们说出为了勉强维持生命而藏匿粮食的仓库位置。他们将粮食一抢而空，留下受害者们忍饥挨饿。如果任何一个成年人试图从他们的控制下逃跑，那他的整个家庭都将面临被屠杀的厄运。”

这份平实而公正的报告显示：盗匪泛滥是由于过度的税收、内战和持续的干旱造成的。1928 年地里庄稼的收成很差，人们收获的粮食根本不足以果腹，因此到 1929 年春天的时候，那里已经没有牲畜可以用来拉犁种地了。要想播种就只能靠那些还有点儿力气的男人和女人下地拉犁了。迫于生计，男人卖掉了妻子、大人卖掉了自己亲生的孩子。为了不饿死，人们纷纷落草为寇。

报告中说道：“在渑池有许多这样的情况，一年前还有 400 栋到 450 栋房屋的村镇里，如今只剩下十来间房子。那些曾经居住在这些毁坏房子里的家庭大都已经家破人亡了。”

现在再来听一听 1930 年早春时节邢台地区的地方官员向河北省当局的抱怨吧。

“我们已经收到您征用 30 头骡子的电报指令。但与此同时，宪兵司令也要求征用 81 头骡子和 30 辆骡车。第 41 师也要征用 70 头骡子，而第 8 炮兵团则要 80 头。除此之外，第 41 师还要求 42 辆骡车和 500 辆独轮手推车。这个弹丸小城里的老百姓早已经贫困得家徒四壁，我们绞尽脑汁也想不出什么法子能够让军队的愿望获得满足。”

“老天爷要是想毁灭一个人，我们有什么办法救助他呢?”一个在河南省进行调查的中国上海救助组织在其官方报告中这样写道。这篇报告讲述了一个臭名昭彰的盗匪头子王天纵是如何抢掠观音镇的。观音镇原来由400个家庭大约2000口人组成，在上一次被劫掠之后，只有10余栋房屋保留了下来，而人口则锐减到大约500人。“人们看到在这里生活无望，于是下了决心准备渡过黄河北上到山西去寻找一个栖身之地，等到光景变好了再回来。”他们行进到黄河岸边并设法弄到了一艘船，有200人乘船渡过了黄河。

当船返回来的时候，剩下的300来人挤了上去开始了第二次横渡。但是当船开到河心的时候，人们看到河的北岸上站着一排士兵，他们在阻止那些挨饿的人上岸。山西省当局也有许许多多本地的乞丐，他们怎么有心思接纳来自河南的饥民。

“船夫不得不调转船头往回走，但此时盗匪们已经在黄河南岸边聚集，准备抢劫人们从自家废墟中抢救出来的衣服和财产。难民们不允许船夫向黄河南岸靠近，而士兵们也不允许他们在黄河北岸登陆，于是这条船就一直在河中间飘来荡去直到黄昏时分。”

“太阳落山以后，天就起风了。疲惫不堪的舵手不慎做了一个错误的动作把船舷转向了湍急的水流，刹那之间船就倾覆了，落水的人们溺水而亡，无一生还！”

军方经常宣布他们正在进行“弹压匪帮”的行动，但中国调查人员却宣称那些未能领到薪水的士兵与土匪之间其实暗中订立有攻守的协议，因此总是盗匪前脚走官兵后脚才到。每隔一段时间，官兵们就会在大路上、小道旁起获成堆的战利品，这当然是盗匪们对官兵暗中通融所进行的补偿。

1930年2月，由中国牧师和传教士书写的信件从内地寄到了上海，信中讲述了由于内战、瘟疫和抢劫而导致了人口下降的可怕情形。

1925 年湖北省的人口为 2861.6 万人，而一项新的人口普查数据显示，尽管在此期间当地没有发生饥荒，也几乎没有人移民，但人口还是减少了 400 万。当人们分析新的人口普查数据时发现，人口减少的情况全部发生在那些遭受内战、抢劫和屠杀（常常伴随瘟疫）的 46 个州县当中。而在享受宁静与和平的 22 个县里，人口不仅没有减少，甚至还有了少量的增长。从湖北寄往上海的许多照片显示整个城镇沦为一片废墟。

1929 年 11 月，当来自西北军的叛乱部队匆忙撤离河南省洛阳市的时候，五所军事医院里到处都挤满了受伤的士兵。当地的医生、护士和杂役在南京政府的军队进驻之前就惊慌失措地撤离了，而后来者不仅没有给予伤病者很好的照顾，还抢劫了医院储存的食物和药品。在长达三天的时间里，伤病的士兵躺在那里得不到任何方式的照料。结果很快就出现了斑疹伤寒，并且渐渐在洛阳及其周围的乡村当中蔓延开来。

众人皆知，不断膨胀的“军队”会把所有省份的家底子全部掏空；人们对于内陆省份一些大的乡镇甚至城市遭到土匪袭击的消息，也早已觉得不过是令人麻木的陈词滥调。但是在广州附近的珠江三角洲地区，土匪和海盗居然也兴风作浪激起了难以尽述的愤怒，这理所当然地就成为问题了。

去年以来就在南京政府的眼皮子底下，上海近郊和周边的一些地区也出现了许多类似的情况。其中，地处太湖之滨的城市溧阳，虽然就处在南京最严格控制地区的中心地带，但还是被匪帮袭击、抢掠了两次，甚至遭到了彻底的毁灭。盗匪的猖獗到了令人震惊的地步，因为溧阳距离其北边上海至南京的铁路仅仅只有 45 英里。

在 1929 年的 12 月，一个大约由 3000 人组成的精干土匪团伙突然对这座城市进行了一次猛烈的袭击，杀死了350多名成年男女和儿童，掠夺走了大约300万银圆的战利品，而被纵火烧毁的财产其价值大约还有1000万银圆。

溧阳有着坚固的城墙，它完全是被盗匪集团智取的。有超过500名的强盗三三两两伪装成农民混进了城里，住进了小旅馆。等到夜深人静，这伙叛匪汇合在一起控制了守城的门卫，打开了城门，他们的同伙如潮水一般地涌入了这座孤立无援、还沉浸在梦乡中的城市。

求救的电报被送达南京，援军很快赶到了溧阳并将强盗赶出了城。但两天之后，更大规模的盗匪杀了回来赶走了守军，然后就开始了令人发指的杀戮、掠夺、抢劫和纵火。超过40名财主富绅被绑匪带走作为人质以换取赎金。

这些突袭行动的一个特征就是，土匪们总是把他们所到之处能找到的大量年轻漂亮姑娘全部带走，无论城市还是乡村。

在这些可怜的受害者身上到底发生了什么？人们不得而知。但当这些被凌辱强暴、精神恍惚的可怜妇女漂泊流浪了很久最终回到她们原来的家时，无法磨灭的可怕经历就写在她们的脸上。或者，更可怕的情形是她们的尸体被发现时已经遭到了肢解并抛弃在沟渠或者灌木丛中，当然前提是这些尸体还没有被成群的野狗吃掉。

吴淞是上海南部的一个城市，位于浙江和江苏交界的地方，也在1929年晚些时候遭遇了一次灾难性的强盗袭击。据估计，这伙盗匪大约由500名强壮的男丁组成，洗劫了价值50万银圆的战利品，在街上射杀了7名男子，打伤了10人，并带走了4名富翁作为人质，还以令人作呕的野蛮方式强暴了数10名妇女和儿童。

由于对政府能够提供的保护感到绝望，吴淞地区的老百姓正试图筹集足够的资金购买一艘装备有机关枪的小型炮艇，以便在运河上来回穿梭巡逻，保卫自己的家园。

在1929年12月到1930年1月前半月间，在太湖、扬州和宁康等许多城镇都出现了类似的袭击。在最后这个地方，强盗们将当地最高级别的行政官员捆住手脚按在大街上，把烧开的水不断地浇在他的身上，直到他气绝身亡。

类似事件在中国的首都以及最大最富裕的海港附近都会发生，那么可想而知，在山高皇帝远的内陆省份其状况肯定要比前述的情形糟糕得多。

就举四川为例来说，这个庞大的省份位于著名的长江三峡上游、西藏崇山峻岭的东部。四川省大约有6000万人口，悬挂着南京政府的旗帜，但在很长一段时间里，这个省份实际上被残暴的军阀分裂成四到五个武装割据的“特区”。

现在让我们来聆听一下1929年9月四川省綦江地区的百姓发给南京政府那令人悲悯的求救诉状吧。长老们用纯真质朴的语言陈述道：

“在过去的13年里，我们遭受了各种自然灾害和接连不断的抢劫，因此上已经处于绝望的境地。今天我们完全是为了生存而斗争，因为除了自己的血肉之躯以外我们一无所有。为了自保我们必须赶走军阀郭汝栋，他是这支如狼似虎部队的头子。”

綦江地区的统治者，提前六年就征收了当地每年应缴的土地税，对1929年的粮食作物征收了八种税，而且还异想天开地设计了其他将近12种的特别税费。长老们在诉状中继续写道：

“整个綦江地区都已经荒无人烟了，数千间的房屋被抢劫和烧毁。郭的士兵不仅从老百姓的口中夺食，还抓捕我们的妇女，无论年轻的还是上了年纪的统统带走以换取赎金。”

“从东到西几十里，已经再也听不到鸡鸣狗吠之声了。人们生活在水深火热之中，无处可以逃避。人们不禁像古人一样感叹：日月无光、人将齐殇。”

这封状纸代表了当地 26 个乡镇和村庄百姓的诉求，它在结尾处呼吁南京政府应当宽恕那些为反抗綦江暴政揭竿而起的当地人。当诉状被送到南京的时候，綦江的统治者正被一群手持长矛、镰刀、少量步枪和 11 挺机关枪的暴动农民围困在一个古老的城堡之内，暴动农民的人数超过了 5000 多。

当然，南京政府面对这种种的情形完全束手无策。它既不会因为无法把救援物资送到数百英里远的内陆而受到谴责，更不会因为郭将军是由南京政府任命的而受到非难。在像四川这样的偏远地区，地方军阀对政局的发展时刻保持着警惕，当南京的军队占领北京和天津时，他们就都“参加了国民党”。南京政府除了希望他们是真心实意地投诚并接受他们宣称的效忠之外，其实并没有什么真正能做的。然后，就是通过向这些新依附的军阀发放他们早已控制区域的行政委任状，以“维持自己的面子”。

直到 1926 年，湖南省的常德仍然是一座保持着繁华的大城市。但如今它的现状比半个多世纪前因为太平天国叛乱而导致的情况更加糟糕。1929 年，它接连不断地被各路军阀所抢掠，想要恢复元气将是一个非常缓慢的过程。今天，常德的大多数人几乎都已经穷困潦倒了，周围的乡村更是盗贼四起。

1929 年，有五个不同的将军交替统治过常德，他们每个人都征收只有自己才承认的所谓“年税”，并且轻描淡写地就忽略了他的前任曾经在这里收取过税收这件事情。

1929 年初，在姓谭的将军撤离该市之前按照惯例征收了贡税“以偿付拖欠的军饷”。在他离开常德之后，一位姓赵的将军很快进城接管了这里的防务。赵曾经是一位赫赫有名的土匪头子，如今摇身一变却成了受人尊敬的官员。他在进城之后立刻宣布他的部队已经很多个月没有领到军饷了，要求当地拿出 25 万银圆，如果这笔钱拿不到手他就没有办法约束自己的士兵，他们可能就会抢掠这个城市。

赵将军的军队在拿到钱后不久就开拔走了，很快李将军的部队又开了进来。李的这一举动激怒了之前的两位将军，谭和赵联起手来开始围攻常德。

根据中国人的报道：在围攻常德两个星期之后，赵将军的手下将城墙轰了一个缺口，然后就占领了这座城市并“洗劫了所有的住房和商店”。此后，他们就去了山区，带走了数百吨的商品，超过 100 万银圆的现金，30 名被扣押以换取赎金的有钱人，此外还有大约 80 名妇女和未成年的女孩子，从那以后她们就再无音信。

1929 年 7 月初，吴将军的部队兵不血刃地接管了这座城市。士兵们穿着干净整齐的制服，看起来军容整洁、军纪严明。但是好日子没过了多久，在这支部队的下级官兵当中就爆发了因意见分歧而导致的冲突。这极有可能就是一场兵变，吴将军在仓皇中悄悄溜走了，带着他新纳的小妾和以“税”的名义从市民那里榨取来的一大笔金银财宝。

接下来的继任者是王将军，人们似乎获得了宁静与安全的承诺。但在两周后的一个晚上，他被自己叛变的军队所杀害，而常德无疑又面临着一场新的抢劫。

在这紧要关头，戴将军和他的部队赶了过来。从那以后社会秩序终于得到了较好的维持。不过话说回来了，戴将军的手下不会无偿服务，所以不得不征收新税以安抚城市新的守卫者。

人口众多、曾经富裕的湖南、湖北、广西、河南和福建等省份都已经变成红色了，总共有超过 3000 万的民众如今散乱地生活在红色根据地内。在以汉口为省会，人口稠密的湖北省，共产党控制了大部分区域，他们似乎已经拟定出了类似于政治纲领和经济纲领的一些东西。

“铲除恶习”是湖北省共产党人开展斗争的主要口号，他们严禁种植罂粟、吸食鸦片、投机倒把、赌博以及其他一些因为能提供高额税收又便于“敲竹杠”而在过去行政管理中被默许的丑恶行为。

从各种报道来看，湖北共产主义武装力量的纪律要比中国绝大多数人员臃肿的军队好得多。抢劫和掠夺被明令禁止，对于穷人们而言不仅无须纳税，而且在各个方面都是有益处的。

湖北的共产党人夺取了一个村镇或者城市，往往会匆匆忙忙地销毁过去所有的土地契约和相关的正式记录。那些被指控曾经压迫过穷苦百姓的旧政权官僚则常常会被立即镇压。当政府军从共产党手中夺回城镇时会采取血腥手段，他们会将所有被发现在共产党占领时期曾与共产党合作过的人就地正法。

自“共和政体”于 1912 年建立以来，河南省已经被无数相互敌对的军队蹂躏和践踏。除了饱受饥荒困扰的甘肃和陕西之外，它的情况可能比中国任何省份都要糟糕。河南省的面积为68000平方英里，人口粗略地估计大约有2590万人。中国调查人员估计河南省有组织的强盗数量大致在40万人。宜阳位于河南省的西部，曾经是一座非常繁华的城市。在1930年3月1日前的5个月里，它被各式各样的土匪团伙易手多达72次，最后留下的已经完全是一个遍地饥民的废墟了。

宜阳附近更大一点儿的城市谷州（今新安县）也经常遭到袭击。据上海的中国报纸报道，在谷州有5000多间房屋和商店被烧毁，3000余人被带走勒索赎金，还有2万头牲畜被赶走。目前还没有获得关于连续屠杀受害者人数的可靠统计数据。

在江苏省的北部，随处可见两层半楼房那么高的石头炮楼，这些由当地农民和乡勇建造起来的炮楼顶上设有许多垛口和射击孔，既可以用作警戒土匪时的瞭望塔，也可以用作一旦遭遇袭击时的避难所和防御工事。

从江苏海州①郊外一座小山的顶上向四处望去，即使不借助望远镜也能看到有200多座这样的炮楼。这一地区的大多数富裕人家都遭到了土匪的杀戮，或者早已搬迁到像汉口或上海这样一些外国控制着的安全区域。有个别传教士被国民党军队驱逐之后又返回了这一地区，他们就住在用泥土建成的屋子里。他们不敢修缮自己过去的住宅，唯恐如此张扬的行动会暴露自己并引来强盗新的袭击。

在1928年到1929年的那个冬天，位于北京西南只有38英里的古老城池涿州及其10万居民经历了长达80多天令人提心吊胆的围攻，一桩桩可怕的恐怖事件被记录了下来。在围攻

① 现在的连云港市。

快要结束的时候，母亲们因为食物无着、干瘪的乳房流不出一滴奶来而不得不捂死自己新生的婴儿，守军也不得不允许相当一部分平民离开这座城市。

难民营就建在涿州城的附近，但这个挤满了中国人的难民营就如同一个“诱骗拐卖妇女的营地”，不时有人会以顶多5块大洋的价格收买那些因饥饿而容貌脱相的年轻女孩，而这些女孩为了能把自己卖出去会极力地向买者承诺自己过去在胖一些的时候也曾经是美人的坯子。

遍布中国的一个又一个内陆城市都有着与四川省省会成都类似的情形，那里的商人向他们的军事独裁者递交请愿书反对进一步征税。他们说：“我们除了骨髓已经一无所有了。”

上述发生在中国各地的典型案例对于世界各国的外交部及其驻华使馆来说都耳熟能详。领事们会将全国各地的事情在它们甫一发生的时候就向上汇报，然后北京的使馆工作人员，再将这些哪怕是石头刻成的佛祖看了也会掉下眼泪的报道汇编起来。

第七章

饥荒与鸦片

在过去的二十年里，饥荒、战争和瘟疫这些改变人口过剩状况的残酷方式，一直在中国发挥着作用，而现在鸦片更是雪上加霜地与这三种导致普遍痛苦的根源紧密地结合在一起。虽然这四者都对人们的生活具有破坏作用，但从结果来看，除了不能确定中国人口是否真的减少了之外，其他种种对道德和伦理的恶劣影响都已经呈现了出来。

如果选择特定省份和地区的数据，那就很可能得出今天的人口确实比“共和国”刚成立时少了的观点。但在东北这个相对安定的地区，老百姓强大的生殖能力并没有受到抑制，人口反而有了巨大的增加，这可能会抵消一些动荡地区人口减少的后果。

就像中国的人口在和平、富裕和卫生的条件下会不断膨胀一样，世界上其他地区在面对不断增长的人口压力之时将会发生什么呢？这真是一个严重的问题。在中国也许要花上一个世纪甚至更长久的时间，才能让沿海省份远离祖先崇拜的制度，从宗教的立场来看，祖先崇拜导致多子大家庭的产生不仅是令人感到满意的，而且是不可或缺的。

除了少数例外，中国的统计数据只不过是或者精明，或者愚蠢的主观推测而已。但绝大多数人都能够接受中国妇女一生平均生育九个孩子的统计结果。今天中国婴儿的死亡人数非常多，即使不包括因饥荒和战争而造成的死亡人数，那里的死亡率也远远高于正常的水平。但是，一旦那里的人们实现了和平安定和健全的管理，却还没有被教导要舍弃过去多子多福的大家庭观念，那么中国的人口出生率必将经历一个明显上升的阶段，这应当引起世界其他国家的严重关切。

由 E. P. 比克内尔上校领导的美国红十字会，应胡佛总统的要求对 1929 年夏天中国的饥荒状况进行了调查，最后发现，他们几乎无法分清楚这里的饥荒究竟是“由于自然的原因”还是“人为的原因”导致的，或者是由于二者令人不快的结合。

作为一个国家，中国不是现在才出现了食品供应短缺，而是数十年来一直如此。作为一个国家，中国在发展现代交通运输业方面是如此落后，她的那些军阀无不忙于垄断或者毁坏由外国资本在中国土地上所进行的建设成果，而在这片广袤面积的土地上，有些地区正周期性地经历着食品短缺，以及由此引发的居民不同寻常比例的营养不良，和成千上万因实实在在地忍饥挨饿而导致的死亡。

这样就发生了下列一些荒谬的情况，当一些职业的鼓动家正忙着向美国人民呼吁应当建立一个旨在为甘肃、陕西、四川、山西等地因饥荒而垂死的民众提供救济的基金时，中国的东北可能正在大量出口种植在温带地区的粮食，华南地区也在通过出口大米而获利。

针对中国的救援议题差不多总是带有争议，而最近在理智的政客和受情绪左右的团体之间所进行的争论不仅观念相左，甚至恶语相向。

一方宣布，世界上其他国家必须为那些受苦受难却又无法自救的人提供无偿的援助。另一方则坚称，向那些事实上并没有遭受食物短缺，而且每年还花费数亿银圆进行内战的国家送钱或者送食品，简直是愚蠢透顶的行为，那里只不过是军阀的内战中断了铁路运输，并使得相当数量的粮食无法运送到缺粮的偏远地区去。

中国人民通常对那些反复出现、几乎是接连不断的饥荒有着一种奇特的超然态度。也许这只是本能的反应，因为据估计即使没有灾荒，中国每年仍然有超过 200 万的人口死于饥饿。对于这个普通民众只能挣扎地生活在生死线上的国家而言，饥饿是一件再自然不过的事情了。

一位生活在上海的百万富翁，几年前曾担任一个由外国人组织起来、意在缓解甘肃部分地区饥荒的救济委员会的委员，他所秉持的超然态度，可以说是中国人看待这个问题的典型例子。

这个委员会召开了会议，浏览了获得的统计数据，然后决定呼吁美国民众给予中国人民几百万美元的援助。一位头脑冷静的美国人随后提出，如果能展示中国最大的、最富裕的城市里人们正在做哪些事情来帮助他们的同胞，那么美国的反应就会更加迅速。然后，他转向了中国这位百万富翁并请他牵头来做这件事情。这位富有而文雅的绅士站起来宣布他无能为力，这令在场的所有富于同情心的人们感到震惊。他说："如果救援不到位，这个省也许会有 200 万人饿死。然而，在这个人口过分稠密的地区，今年新出生的人口将超过正常死亡人数 200 万人。”

饥荒救济委员会的热情瞬间就像被捅破的气球一样被泄尽了，在这种特殊的氛围下再也没有人去呼吁美国的民众募集资金了。

在中国要想读到闹饥荒地区的报告是件很困难的事情，因为穿越闹饥荒的地区几乎是不可能的，想用这样的方式决定外国是否给予援助也是不明智的。于是只好耸耸肩说：“让他们自生自灭吧。”

然而在 1928 年初春，山东发生了一场饥荒。美国民众被呼吁起来捐款以帮助那里的饥民。在山东的省会济南府，有超过 28000 名来自受灾地区的饥民成群结队地到这里寻求避难。他们在城市周边的溪谷沟壑里安扎了下来，用编织的稻草搭起了矮小简易的帐篷，尽管寒风凛冽，雨雪交加，人们也只能睡在裸露的地面上。这 28000 名可怜的难民，每人每天只能领到一碗加了盐却没有任何肉类和蔬菜的热小米稀粥。

尽管这 28000 名衣不蔽体的难民在他们省会的城门外冻得瑟瑟发抖，山东省长还是为庆祝他宽敞的衙门里安装了一套价值 50000 美元的中央供暖系统，而举行了一场盛大的宴会。在那次宴会上，客人们使用的是一套价格为 40000 美元从比利时特别定制的雕花玻璃餐具。

从整体上看，山东省并没有出现真正的食物短缺，那个时候，在距离并不遥远的长江流域，大米的价格反而比十年前还便宜。但是，该省的一部分地区在夏季到来之前滴水未降，而在此前一年里农作物的收成也并不好。山东省的税务稽查人员来到了干旱地区，没有钱的人们只能拿他们储藏的粮食来顶替现金，当他们连足够的余粮也没有时，士兵们就拆毁他们的土房茅舍，并从里边拉走了还算值钱的木头大梁和檩子。整个地区的村庄都被废弃了，没有了屋顶的房子就那样露天矗立着，而从民众那里榨取来的钱财，都被用来购买中央供暖设备和那套雕花的玻璃餐具了。

后来这位省长被国民党的军队赶出了山东，流亡到了日本。但时至今日仍有许多农民希望他能重新掌权并感叹着那“过去的好日子”，虽然当年的税收已经是非常沉重的负担了，但和今天的比起来简直是小巫见大巫啊！

在这种情况下，外国进行援助就相当于直接介入中国的内政。如果这位省长还继续掌权，而且整个情形并没有因国外的援助而得以纾解，那么，绝望而疯狂的人们站出来反对他，是迟早一天都会到来的事情。把募集来的资金作为饥荒救济基金用于恶政当道的地区，并非对饥饿人群的真正怜悯，在非常现实的意义上来说，这是把钱补贴给了一群流氓，并使他们得以掌权。每一次危机的临时纾解，仅仅是推迟了中国人民采取行动起来反抗沉重压迫、推翻罪恶剥削日子的到来。

然而，如果任由他们忍受苦难直至忍无可忍最终起来进行反抗，他们可能就会变成红色。

在沿海地区，缓解苦难的成本近乎荒谬的低廉。例如，在北京，救世军通常会在冬季救济约 35000 人，施舍给人们每人每天一碗稀粥，养活 30 个人一个月的成本仅需要中国货币 53 分。这包括谷物、盐和炊事用的燃料，一天每人用来煮粥的定量供应是七盎司的干粮。

但在偏远的饥荒地区，救灾的成本就要高很多。1929 年秋，陕西省小麦的价格已由通常的 133 磅 8 块大洋涨到了 60

块大洋。那里又一次因为各派武装你死我活的战争而将铁路切断，并使那里成为孤立无援的地区。

在甘肃省西部的偏远地区，运输成本已经上升到令人望而却步的程度。牛、马、骡子都被军队或土匪赶走或者吃掉了。在兰州地区，运输短短 80 英里 1200 磅谷物的花费高达 70 美元。

在这种情况之下，穿越六盘山区的商路被人们哀叹为“死亡之路”又有什么奇怪的呢？调查人员的报告中提到：1929 年的秋天，这条跨越了 9000 英尺高度的商路沿途到处都是尸体，那都是想要去有食物的地区乞食，但却死于虚弱和饥饿的人。

在陕西的大都市省会西安府，1929 年 10 月的情况变得非常糟糕。外国的饥荒救援人员举行了一次会议，他们决定，只给那些看起来还算强壮的能够挨过整个冬天的人发放食物。因为根本没有足够的食物提供给所有的人，救援人员不得不承认，拿宝贵的粮食去帮助那些虚弱、生病或者残疾的人只能是一场徒劳，那些人的生命顶多只能持续几天或者几周。

尽管面对的是如此凄惨的情境，但在比克内尔上校的报告中，红十字委员会还是勇敢地建议，不要给中国的饥荒难民提供任何援助。这个建议是在一篇曾经公开印刷的、关于中国动荡局势异常简明而深刻的摘要结尾处提出来的。这自然招来了所有的曾经年复一年地设想中国将在一个稳定政府的统治之下实现和平与繁荣的多愁善感者与空想主义者的猛烈批评。

作为结果，比克内尔上校的报告立刻变成了一份最为重要的政治文件，一段时期，给了人们迫使南京当局采取某些切实的努力，去逐步改善现况甚至促使国内冲突得以停止，以便让中国在世界面前多少能够保留些“面子”的希望。

但遗憾的是在报告公布半年后，中国南京政府几乎没有为自己的饥民做任何事情，而国内的和平前景依然渺茫。未来访问中国的调查委员会也许会发觉，他们受到了更加严格的限制，当然，一部分美国人也将会因此而比过去更加深刻地了解中国。

“不要尝试一次就把中国全部的真相都告诉美国人民”，一位极其精明的远东事务评论员建议道，“第一，他们不会相信你。第二，他们的胃口实在太虚弱了，根本不适合你奉上的新闻大餐。”

红十字会的报告虽然引起了大多数中国媒体和所有政客的不满，但却因及时、大胆的报道，而受到了大多数外国在华媒体的欢迎。南京政权使用了许多不当的措辞谴责美国红十字会，但他们自己又拿不出什么真凭实据来驳斥红十字会发现的种种真相。最后认为这份报告是帝国主义者不希望中国革命取得成功的有力证据。

事实上这份报告出色地完成了它的使命，因为它撕掉了南京政府宣传部门试图掩盖中国真实情况而编造的一切谎言。

一本中国人编辑主办的期刊充满勇气地加以评论道：“中国人无法否认美国红十字会报告中所展示的那些不光彩情况，报告中提到了外国的援助之所以没有被批准是由于中国缺乏一个稳定的政府，军阀、盗匪的横行勒索，还有涸泽而渔的赋税。”

“如果这份报告能够敦促中国政府投入精力，以改善目前的政治局势并采取有力行动来缓解饥荒，而不是耗费数百万财富，来进行鸡零狗碎只为一己私利的内战。那么，人们所期盼的就不仅是减少多年来对饥荒的恐惧，而且还包括提升全中国人民的士气。”

虽然有一些中国报纸谴责该报告是“冒失无礼”的，但没有谁可以否认所述情况的真实性。上海发行的《中国时报》坦率地承认：“从一个外国人的视角来看，我们的军阀一如既往的暴虐专制，我们的盗匪依然猖獗，没有法律依据但却严苛的税赋依然多如牛毛，我们的民生疲敝和财政枯竭依然如故。总之，国内的情势反复无常、矛盾重重，在刚才列举的事情当中有一件我们可以问心无愧地说自己已经改进过了吗?”

在中国一个与饥荒有着千丝万缕联系的问题，是罂粟的种植和鸦片的广泛吸食，这显然与政府的默许态度分不开，甚至可以说就是官方公开纵容甚至鼓励的结果。

吸食毒品不仅让那些瘾君子变得一贫如洗，并因此而降低了数万人的实际需求曲线，而且如此之多的土地被用来种植罂粟、收割鸦片，事实上也减少了农村粮食的总产量，这成为许多地方引发饥荒的直接原因。

正如中国所有的问题一样，鸦片泛滥的症结最终也指向了军事独裁的制度。当军阀所课征的税赋，高到农民种植粮食作物已经无利可图的时候，窘迫的农民就开始种植罂粟了。甚至有些地区的土地不得不按照军阀指定的比例种植罂粟，并因此而不得不支付比种植其他农作物更高的赋税。

在近现代的中国虽然从来没有真正根除过鸦片，但曾经一度对它的毒害有过比较好的控制。而现如今中国鸦片的生产即使没有超过以往，至少也已经达到这个国家从前的种植规模了。

几年前，很多地区唯利是图的农民，冒险将罂粟与粮食隔一行间一行地交替种植在一起。这样做的好处是，如果行政官员来调查并且强令铲除罂粟花，农民仍然能够留下一半的粮食作物。

1930 年，许多地区的整座山谷当中都种植着罂粟。在安徽省罂粟的毒害尤为严重。官方“围剿”的举措在征收了那些种植鸦片的村庄每英亩土地 200 块大洋的税费后就戛然而止了。只要充当“清剿代理人”士兵们没有把收获物全部没收走（然后出售），即使如此之高的税赋还是给农民们留下了巨大的利润。

当中国政府在日内瓦或者其他的国际场合，被谴责应当对目前国内大量人口的毒品成瘾负有责任时，尽管其辩护者会大声地以不实之词抗议其他国家，但真相还是会在不经意之间偶然地呈现在官方的报告当中。

例如，1929 年 9 月总部设在汉口的湖北省财政厅在其官方收入报告中显示，湖北当月的税收收入中有三分之二来自鸦片。该省当月总收入大约是 300 万银圆，其中，酒和烟草的税收为 5 万，盐税为 5 万，印花税为 6 万，鸦片税则将近 200 万。

1929 年 9 月，当湖北省政府拼命从民众身上压榨资金的时候，汉口 24 个最大的鸦片交易商经过商议后决定，一年中每月缴纳 13 万大洋来联合垄断当地的鸦片贸易，以此来换取不受腐败官员“敲诈勒索”的保证。据当地发行的一份曾冒失地批评官场的中国报纸《武汉报》报道：除了这些规模较大的商贾之外，仅汉口一地还有 714 家已知的“烟馆”在公开地向公众售卖鸦片。

在遥远西部的四川省其鸦片的产量开始急剧增加，这些鸦片要想到达汉口、上海以及长江中下游平原上的其他大城市，必须通过长江上的咽喉水道。1929 年 9 月，上海的中国媒体大胆地披露，这种毒品运输方式事实上产生了巨额的税收收入。

受到点名指责的鸦片清剿局位于长江咽喉水道下游的宜昌市，它是由军事长官所任命的文职官员在士兵的协助下开展工作的。一时之间，士兵和文职官员对四川来的所有货物都进行了严格的搜查，但是，当那些被发现的鸦片，以目前批发价（每石约等于 133 磅）缴纳了或者现金，或者实物的 750 块银圆的税款之后，它们被允许继续上路了。那些被鸦片清剿局没收的鸦片也并没有被销毁，而同样是卖到了长江下游地区。

在偏远的贵州省常常会见到满载着鸦片的毛驴车队，这种运输方式事实上受到官方的保护，这可以从长期以来省里的军队一直押运有利可图的毒品车辆以防止土匪抢劫得到证实。在贵州的大多数城市，“大烟店”都明目张胆地悬挂着醒目的标识，它们知道除了税吏的到访不会有任何官方的干预。

从中国南部的广东地区到靠近东北与西伯利亚边界的松花江河岸，罂粟都是公开种植的，而在中国各地鸦片交易产生的一系列税收，合计起来则必定是一个令人吃惊的数字。

种植罂粟的农民需要支付特别的税款；当种子销售之后需要交纳税款；生产加工鸦片的人需要交纳新的官税；批发商必须缴纳重税；经营大烟馆的人需要每月为他经营场所当中的每一杆烟枪支付特殊的税款；最后不幸的瘾君子们通常也会隔三岔五地被处以罚款。

直到 1930 年初都在担任香港总督的塞西尔·克莱蒙蒂先生曾在公共场合宣布：“如果中国停止种植鸦片，那么吸食鸦片之风就有望在一年半载的时间内刹住。”这番表述无疑是正确的，因为没有国内罂粟的种植，毒品鸦片的价格就会飙升到很高，只有富人才能继续为吸食鸦片的习惯买单。

对于出生在这个时代遭遇不幸的数亿中国人，我们能做些什么呢？他们自己的官员不仅不能把他们从冻饿而死的困境中解救出来，反而制造了种种世界上其他国家所难以理解的恶政和内战的状况。然后，为了继续他们毫无意义的争斗，又通过纵容人们吸食毒品而使其堕落。

第八章

财务、军队和铁路

中国糟糕的财政与其铁路存在的问题密不可分，作为交通运输的重要命脉，中国铁路运营的状况正以令人震惊的速度恶化。而铁路运营的好坏又与遣散中国各派军阀的部队紧密相关，因为这些军阀的大部分收入均来自他们各自控制的铁路。为了不停地榨取巨额资金他们不惜将各条铁道线路分而治之。

南京政府的财政部长，可以说是今天中国政府圈子里最有能力的人了。他一再警告中国各派系的领导人，除非他们停止战争并着手解散其庞大的军队，否则将会令中国陷入破产的境地。但与此同时，战争却以令人不安的速度一场接着一场进行着。财政部长必须进行抉择：或者继续为军事目的而寻找资金，或者退隐江湖，从而让另一个人承担起为南京政府维持其统治而寻找必需资金的重任。

在 1928 年 6 月上旬，国民党占领了北京和天津地区，并于 6 月 30 日召开了一个全国性的经济会议。财政部长在会议上以大无畏的勇气对时局的基本情况进行了陈述。中国在 1911 年的时候拥有军队 40 万人，到 1922 年已经扩大到 120 万人，而到1928年的时候，除了勉力支撑着必需的84个军以外，还有18个独立师和21个独立旅，总数已经超过200万人。要养活如此庞大的武装力量，根据充足的预算每年军费开支总额高达6.42亿银圆，但实际的现金支出他估计大约为3.6亿银圆。

财政部长宣布，中国一年的总收入只有4.5亿银圆，在结清国内外的贷款债务后将只能剩下3亿银圆。这样，在没有给民生和教育分配任何资金的情况下，政府还面临着6000万银圆的直接财政赤字。要想改变这种窘迫的境况，除非有一个大幅度削减军队并立即执行的一揽子编遣计划。

1929年1月，在南京举行了一次编遣会议，除了东北的军阀是派出代表出席，其他所有的主要军阀都悉数到场。在这次会议上，一项将军队人数减少到71.5万人，保留下来的65个师每个师的人数最多不能超过11000名士兵的编遣计划被各方所接受。如此规模的武装力量其军费预算就可以控制在1.92亿银圆以内。

如果按照这个计划实施了军队的编遣工作，那么中国可能就获得了喘息的机会，但是这个计划的任何一部分都没有生效执行。在会议结束还不到两个月的时候，内战的烽烟就再次燃起，到1930年3月，中国军队的人数估计膨胀到了大约250万人。

1930年3月初，财政部长发布了南京政府从1928年7月到1929年7月期间的详细财务报告。这份报告显示政府一年的财政总收入为4.3444亿银圆，其中用于军事开支的就高达2.09536亿银圆，偿还债务1.21318亿银圆，只有很少的余额可以用于各类杂项账户和所有的民事与行政服务开支。

收入表显示4.3444亿银圆的总收入当中，有1.00144亿银圆来自出售债券、国库券、贷款和透支。为了建立中央银行不得不借入2000万银圆的资本以弥补亏空。

部长的这份报告指出，在过去的一年里南京政府被迫为三场主要的军事行动提供资金，而在今年的大部分时间里，除了海关税收外，它实际上只控制着中国22个省份中5个省份的收入。

当然，军费支出的2.09536亿银圆并不包括各省用于军事目的的巨额支出，也不包括在这个特定年份里，各派系在内战中投入的任何一笔钱。

财政部长进而向参加编遣会议的诸位将军们提出，中国如进一步发生内战可能面临风险的警告。他宣称：只有熬过“饥荒和自我牺牲”的时期，领袖才有希望把国家带上发展的正途。他还说到必须结束以9.5%的利率借入资金的行为。“必须认识到，寄希望于国外借款以应对当前的开支困难是极不明智的，至少目前是这样，因为许多过期的外国债务都没有得到很好的处理。”他说，如果继续以国家之名借贷将置“中国未来的金融体系于非常危险的境地”。他进而指出，如果任由目前的情况发展下去，不仅不可能实施任何教育或复兴的计划，而且人民也不会再忍受这些额外的税收负担。

如今，对于中国有担保或无担保的外债和内债的整体情况尚不完全清楚。据美国凯默尔委员会财政专家的最终估计，其范围在25亿到30.43亿银圆之间。这个数字或许是基本准确的。

我们也无法设想，如果国家治理得很好，如果税收及其收益得到了妥善的管理，中国的收入可能会达到多少。

以1927年的直隶省（现在的河北省）为例。官方的报告显示，这个省的面积约为11.5万平方英里，人口估计为3400

万。而当年各种来源的税收收入只有 9344615 银圆。

尽管直隶省政府的年收入仅为 9344615 银圆，而其中用于军事目的的花费就高达 7000000 银圆，但它全年从老百姓那里搜刮的税收总额却超过了 2 亿银圆。举例来说，当年其土地税收入就超过了 3500 万银圆，但只有 580 万银圆的资金进入了省里的金库。

在中国的许多省份，类似的“压榨”和腐败情形已经存在了很多年。在清王朝的统治下它们已经够糟糕的了，但在“共和国”的 19 年里，它们的情况变得更加糟糕。

财政部长一直勇敢而努力地试图结束在中国几乎普遍存在的“税款包征”这一古老而又邪恶的制度，但收效甚微。在这一努力过程中，他得到了国民党中央执行委员会的支持，委员会已正式命令财政部废除这一制度；但对资金持续迫切的需求、根深蒂固的习俗和特权使得改革工作进展缓慢、举步维艰。

这种给人民带来巨大困苦的“税款包征”制度是按照下述方式来运行的。假设某个地区在未来的 6 个月里给定的税收通常是 1.5 万银圆。政府将接下来这半年时间里在此地征税的权力“发包”或整体出卖给一个出高价者，或者一个中意的有权势的人。对政府而言，这样做的好处是立即就可以获得 1.2 万银圆的税款，并且还节省了一大笔征收的成本。而那些获得征收税款权力的人担心一旦爆发新的叛乱并推翻授权给他的政府，那自己垫付的资金就打了水漂。为了能把自己垫付的钱赶紧收回来，他们总不免自己设定税率，税外加税，横征暴敛，把能搜刮到的钱都拿到手，对那些无力偿付的人毫无怜悯之情。因此，上述地区被强制征收的税款可能高达 3 万银圆，远不止向政府正常交纳的 1.5 万银圆。

1929 年 5 月，南京政府发布了根据当时金银交易汇率计价的中国征税的统计数据，当以 4 亿人口为基数进行核算时，中国不仅人均税收大大低于其他国家，而且人均国债也非常低。

将这张表格转换为中国的标准货币墨西哥银圆，每年人均税收的对比情况如下：

国别	人均税收（墨西哥银圆）
英国	168.00
法国	110.00
美国	56.00
德国	67.00
中国	1.55

当然，这个表格只包括了在中国征收的所谓法定国家税收，而没有将难以计数的地方税和各地军事和民政部门突发奇想的特殊税费计算在内，也没有将无法预料的军事需求：食品、燃料、牲畜、马车、手推车、被褥以及服装等这些百姓不堪其扰又必须缴纳的物资计算在内。

下面的表格是一些国家人均国家债务的数字：

国别	人均国债（墨西哥银圆）
英国	1822.00
法国	1023.00
美国	377.00
德国	276.00
中国	5.45

如果仅仅看这些数字，不仅表明中国社会经济非常繁荣，而且表明中国政府发行的应该是金边债券。但当人们想到美国红十字会报告陈述的“中国的贫困就如同无边的海洋”，并且意识到中国人均年收入低于100块墨西哥银圆的时候，就会知道这些数据显然是不完整的。

自从1929年5月金融报告编制以来，由于国际银价下跌，中国的相对地位极大地恶化。当编纂这些报表的时候，以黄金计价的100美元可以兑换大约230块银圆。但到1930年3月中旬，中国得花大约288块银圆才能兑换到100美元。

白银价格的下跌以及随之而来的中国银圆购买力的急剧下降，导致了中国物价的大幅上涨，特别是所有进口到中国的商品。美国制造的鞋子，1929年10月的价格为28银圆，到1930年1月底价格不低于35银圆。烟草、各种服装、机器设备、汽车，还有成千上万中国因没有工厂而无法生产的东西——所有这些商品的价格都在飞涨。

上海国际清算银行因为银价不断下跌，银子没有市场，所以手头上积压了超过2亿的银圆，这一情况使得中国的形势变得更加复杂。与此对应，所有的外国租界里贵金属都已经堆积如山，而内陆城市和省份则正遭遇着银荒。

银圆堆积是因为财富始终在寻求安全的避险之地。身处中国的金融专家宣称，大量银圆和金条银条堆积储藏在外国人控制的相对安全的城市，是因为在中国其他地方存在着持续内战、官员敲诈勒索、没收财产、抢劫和普通贸易瘫痪的风险，这些对金钱来说是相伴而来的组合风险。

除了中国人试图从俄国人手中夺回中东铁路的控制权而进

行的代价高昂的对外战争之外，1929 年间在中国先后发生了八次不同的内战或叛乱，而 1930 年的前景不过是这些悲剧的再次上演。

这种近乎无休无止的国内冲突自然使得商业陷入凋敝，甚至连原本就发展不足的铁路系统也瘫痪了，所有可用的中国轮船都被重复征用，国家的前景变得如此无法预料。因而，商人和银行家们都尽可能地避免对未来做出任何承诺。

通常，上海金库里存放的两亿银圆当中应当有一半以上在国家内部进行流通，但如今谁愿意在遭受军事包围、强盗袭击的各个城市当中持有这些方便携带的财富呢？

另一个驱使大量财富流入受外国炮艇或军队保护地区的原因是，南京政府和国民党一再采取行动没收民众的大量财产。1929 年就发生过这样一起臭名昭著的充公案例，因为它的标的物是死于 1916 年的一个人的财产，而理由则是说这个人曾在被 1911 年革命赶下台的满清政府中任职并依靠官方的“压榨”而累积起了财富。

遍布全国各地的省、市国民党委员会已经形成了把商业、地产，甚至政治对手的房子都称为“敌人财产”的习惯，并且在没有进一步法律支持的情况下就没收这些财产。

令人憎恶的行为变得如此明目张胆，因此导致了遍及国民党统治区域难以抑制的不满。1929 年 12 月，南京政府曾发布一道命令，党内的地方委员会未经中央政府批准不得再将“敌人的财产”进行“随意任性的罚没”。但这一纸命令，就像许多其他来自南京的命令一样，意图虽好，但不幸的是南京政府根本没有足够的权威使其在中国少数地区之外去推行。

1929 年 11 月，在南京召开的国家经济会议上，中国最著名的经济学家施容博士提交了一组惊人的数据，并郑重提醒国家领导人说：如果内战不能马上停止，政局无法迅速补救，中国即将面临解体的切实威胁。

施博士首先引用的统计数据说明：尽管中国的战争和饥荒正以危险的速度增长，但数据表明，中国的人口不是4亿，而是更接近于4亿7千万。他指出中国是一个自然资源丰富的国家，人民理应拥有更加充裕的生活必需品。然而，农业、矿业和畜牧业的发展都被忽视，而生活必需品的生产也在减少。他援引多个内陆省份种植水稻和小麦越来越少而种植更有利可图的罂粟越来越多的例子，说明国家的粮食供应大大减少了。

随后，施博士将证明上述情况的详细数据提交给了会议。排除所有的奢侈品在外，中国进口了价值4亿银圆的“必需食品”，并连续12个月里进口了棉花、棉制品、丝绸、羊毛、亚麻、皮革等4亿银圆的商品。中国丝绸的出口并不能平衡这种支出，因为它只能占到进口服装资金总额的三分之一。

经济学家指出，如果中国是处于忙于生产活动并有偿付能力的和平状态，那这些数据就无须令人感、到不安。但中国目前的局势是它继续被内战所撕裂，毁灭的速度比它创造的速度更快，每年军队的数量都在扩大，每年海盗和土匪的数量都在成千上万地增加。人口继续膨胀。当税赋永远是涨了又涨，人们的生产活动就会不断地减少。

尽管存在这些悲惨的状况，但如果它能有几年免于内战并有机会在一个诚信而卓有能力的政府管理之下，中国将可能会以神奇的速度恢复经济。

在内战的浪潮席卷过去之后，满目疮痍的地区和被摧毁的城市就会以令人惊叹的方式“百废俱兴”，如果混乱局面结束，整个国家很快就会蒸蒸日上。吃苦耐劳、勤俭节约的人民大众，具有卓越经商能力的商人阶层，睿智的银行家，这些都是中国具有的宝贵财富。今天中国的奇迹不是被四分五裂、几近破产和遭受大面积饥荒的折磨，而是中国人民在难以想象的糟糕环境下生活和工作了这么多年并设法将国家维持到今天这个地步。

和平环境下的中国将以世界上其他地区感到震惊的速度恢复繁荣，并使大多数欧洲国家战后缓慢的恢复速度相形见绌。中国老百姓的复兴能力一次又一次地在偏远地区得到展现，只要那里能有一到两年的仁慈统治。但在目前条件下，任何在仁慈的省长或军阀统治下而变得繁荣的省或者州县，都会被周边贪婪的长官盯上，很快就会遭遇攻击并被劫掠得片瓦不留。

1929 年 12 月 10 日，由爱迪文·W. 凯默勒领导的美国凯默尔金融专家委员会的 17 名专家，向南京政府提交了一份恢复中国经济必要措施的详细报告。该委员会为了编制这个报告整整辛苦工作了一年，委员会的成员包括公共信贷、税收、铁路财务、关税及关税政策、预算、货币、银行、会计和财政控制、储蓄和信贷等各个相关领域的国际知名专家。

这份英文报告的出版被一再推迟，直到它被完全翻译成中文，而这项翻译工作是一项艰巨的任务，因为它包含了许多卷。该委员会向中国提交的报告遵循了凯默尔委员会在其他国家成功实施的计划。平实易懂而简短的法律规章被仔细地加以界定，还为每一项提议的法律规章都详尽地撰写了这项条款将如何影响国家，如何最方便执行的说明，以及对报告中提出的每一项法律规章与其他法律之间相互作用的影响进行了论述。

尽管中国的货币流通采用银本位制，但中国原本却是一个

“铜币国家”，因为铜币是绝大多数人用来交换的主要媒介。尽管如此，凯默尔委员会还是建议如果秩序能从今天的金融混乱中恢复过来，中国必须采用金本位制。

中国的货币体系是一个充满矛盾、漏洞百出的大杂烩。所有这些都阻碍了商业的发展，并养肥了成千上万的货币兑换商店。

例如，上海的商业团体不得不周旋于两种货币标准——银两和银圆之间，与金元相比两者价值都有波动。虽然银两不以银币形式存在，也不以纸币形式存在，但上海的大多数公司都有两个银行账户，一个是银两，另一个是银圆。按照惯例，租金是用银两计价的，建筑合同是用银两计价的，医生、律师和其他专业人员登录他们的账单也是用银两计价的，直到1930年初，所有的海关费用都是用银两支付的。一两银子通常比1.40银圆的含银量稍少。在中国的其他地区，银两也有其他的价值标准，上海的一元纸钞极少能够兑换为广东、汉口、天津，或者北京的等额钞票。

银圆就像铜币一样在中国各地流通，但一个城市发行的10分、20分硬币却可能被另一个城市的黄包车夫轻蔑地加以拒绝，甚至酒店的服务生也是除了他们本地的银钱之外，拒绝其他形式货币的小费。小额的银币在一些城市里不允许进入流通领域，当地采用面值10分、20分非常破旧和肮脏的纸币来进行交易，但这些纸币作为交换媒介，即使在本省另一个邻近的城市里使用时通常也会变得一文不值。

10分、20分的银币都被贬值的实际情况使得局势更加复杂，10分的银币并不等于1银圆的1/10。一般来说，一块银圆可以兑换13个10分的银币，或者6个20分的银币再加1个

10 分的银币。但在同一个城市，流通中有很多 10 分钱的纸币参与交易，它们被人们确认为面值是 1 银圆的十分之一。

如果一个上海商人开启一趟从山东到东北的旅行，再经天津、北京和汉口，顺长江而下回到上海，他将会因货币兑换而损失一大笔钱。他将不得不因为到访青岛、济南府而换购山东纸币，因为到访大连和南满铁路沿线地区而使用日元；因为到访哈尔滨和中东铁路地区而兑换哈尔滨纸币，因为到天津、北京、汉口而分别兑换成天津、北京、汉口的纸币。

普通老百姓也因汇率波动而蒙受巨大损失。以一名用人或苦力为例，他工作一个月可以挣到 10 块银圆的平均工资，但他购买所有的东西用的都是铜板。某个月，如果白银的价格很高，他的一块银圆可能换得 380 个铜板。但几个月之后，他的一块银圆在交易所里换到的铜板可能不会超过 250 个。

假设或真的内战已经结束了，显然任何一个在中国建立的真正稳定的权威机构首先要做的事情之一，就是将许多成色低、价值不确定且经常波动的地方货币退出流通领域，并采用一种全国各地具有相同购买力的稳定货币。

但这是一项相当于废除欧洲各国所有货币的任务，并且要建立起涵盖从最北端的挪威到最南端的意大利的统一货币体系，并在相当于从马德里到莫斯科这样广袤的地域采用统一的钞票。

焦躁而没有耐心地对待中国只不过是愚蠢或无知的证明，因为中国很不幸，在无比漫长的边境线之内，她没有足够多的受过教育或训练的人来应对这些问题。但是，面对那些迄今为止低估了他们所面临任务，希望通过发布几道措辞华丽的命令就可以改变大陆地区面貌的中国领导人，这种焦虑不安或许是合乎情理的。当世界上的其他国家也都确信这些命令的颁布是进步的标志时，焦虑不安已经完全合乎情理了。

如果中国拥有10万英里的铁路，并能够使它保持稳定有序的运营，从而结束各个城市和省份的孤立状态，那么她的许多困难可能会有尽快解决的希望。但目前中国的铁路只有7000英里，而且交通从未从扰乱中获得过安全与通畅，要么是因为一些桀骜不驯的将军随意地截断线路，要么是因为一些“忠诚的”将军要占有所有可以控制的铁路车辆。另一个严重的障碍是将军们截留了各自控制铁路大部分收益的做法，使得绝大多数情况下不仅不可能偿还债券的利息，甚至无法对铁路车辆和路基进行必要的维护。

目前，中国政府国有铁路部门的总负债超过了5.5亿元，而大部分的债券在清偿利息和基金费用方面都遇到了发生拖欠的问题。

在和平与比较安定的年代，中国铁路根据其总收入的增长情况曾规划了一个宏伟的发展蓝图。例如，从1915年到1924年，国有铁路的总收入从5600万元跃升至1.25亿元，年均增幅达到9.3%。

但在过去的几年里，铁路运输持续恶化以及它们被军阀所垄断和毁坏的情势导致贸易陷于瘫痪，中国历史进入了一个非常糟糕的时期。其后果是该国的大部分地区，甚至那些有铁路存在的地区，都迅速地回到了使用两轮手推车和驱使驴或骆驼队作为运输系统的时代。

例如，1928年秋天，控制北京到奉天铁路长城以南大部分路段的将军专横地在其士兵“守卫”的200英里铁路上征收了每吨12元的新“税”。这项税收叠加在以前收费和征税的基础之上，使得40吨货物运送200英里的费用高达680元。与此同时，他的一位竞争对手，在其控制的北京到汉口的铁路线上，对所有经过他控制地盘运送的商品征收了30%的“军事附加税”。

裙带关系和低效率的结合使铁路员工人浮于事，中国每英里铁路平均需要18.5个人，而美国每英里铁路平均只需要7.7个人。

铁路系统瘫痪以及由此产生的影响可以被1929年至1930年那个冬天中国北方煤炭的价格形势很好地加以说明。北京西边的山西，煤炭资源丰富，劳动力便宜。在山西煤炭开采的成本是每吨1.5元。但是，由于铁路在那个冬天被武装力量所控制和垄断，实际上到达北京的山西煤只能是依靠蒙古骆驼背上的驮筐，或者是小毛驴拉着走过崎岖道路的两轮车。由于这种缓慢而成本昂贵的运输方式，几百英里以外开采的煤炭运到北京每吨的售价已经高达16元或者更高。

我们再把目光转向1930年1月的河南省郑州市，那里是南北方向京汉铁路与东西方向陇海铁路的交会点。一个由各派将领们参加的著名会议正在那里举行。

在郑州召开的这个将军会议持续了两周时间，很多火车就停在了铁路的侧线上，火车被将军们以及他们的随员、政治顾问、妻妾、情妇作为了起居的处所。在整个会议期间，有50辆铁路机车停在了郑州，它们唯一的用处是被用来产生蒸汽以使官方专列保持舒适的温度。

当这一切发生的时候，京汉铁路从郑州往北到北京方向超过250英里的交通实际上处于瘫痪状态。一辆水箱漏水的火车机头偶尔会拖着不供暖气的三等列车沿着这条线路来回运行，但从来没有遵守过任何一个时间表。为了给漏了的锅炉补水以便储存蒸汽而导致了频繁的停车，所以通常只需要 8 小时就能走完的路要用 20 个小时才能走完。有一次在 20 个小时的旅途结束以后，从火车上抬出了三名乘客的尸体。他们衣衫单薄地躺在车厢冰冷的钢铁地板上，而车窗的玻璃也没有一块是完好的，他们在旅途中被活活冻死了。

正如在中国的生活成本随着国家一步步接近完全的毁灭而越来越高一样，铁路旅行的成本也会随着铁路的实际解体而增加。

1919 年，从上海到北京头等舱单程的票价为 56. 05 元，整个旅程仅需 38 小时。今天，当火车运行的时候，单程头等舱的票价是 90. 15 元，而由于铁轨、枕木和路基的状况是如此糟糕，列车运行的时间也延长到了 52 个小时，开得快点儿就可能车毁人亡。

南京的领导人在试图纠正这些几乎毫无希望的情况时所表现出的耐心和坚持，既令人惊叹，也值得赞扬。

相应地，财政部长也完成了看似无法完成的事情。在几个案例中，他已经恢复了利息支付，甚至还为长期拖欠的债券保留了储备资金。他恢复了已经崩溃的盐税征收体系所造成的混乱秩序。他不仅维持了自南京政府自成立以来所有政府发行的国内债券的利息支付，而且收回了绝大部分国内发行的债券。他还在废除厘金，和废除阻碍中国异地之间商品自由流通的运输税征收站取得了一些进展。

第九章

遣散军队

1929 年初，遣散中国臃肿而庞大军队的工作似乎让人们看到了曙光，南京政府的财政部长敦促，作为一项改革措施中国的军事力量应当减少到 70 万至 80 万人，而中国一年的军费预算也应当控制在 1. 92 亿元以内。

即便这种所谓的改革能够获得成功，中国军队这种并非以抵御外来侵略为目的、在外来侵略面前也毫无用处的掠掳性组织，仍然会吞噬掉中国国民收入的41%。与这种将国民收入自我毁灭式地用于军事目的相比，美国用于维持军费开支的比例只占国民收入的8%，英国为5%，法国为14%，日本为9%。

为了了解她庞大的军队是如何一步步把中国掏空的，我们必须知道在 1930 年初夏，这些军队的总人数超过了 250 万而不是少于 80 万；他们并非建立在经济和平发展的基础上，而是不仅多年来积极参与内战，并且正在为不可避免即将到来的斗争做着大量的准备工作。

正是这些庞大军队的存在，使得过去的十年里中国人的生活成本大大增加了。他们不仅使得税收增加到难以忍受的程度，而且使得不断增长的税收收入总是入不敷出。军队的生存完全依赖国家，近年来他们对食品和物资的订单总额已经达到了数亿。一位将军在南京发表的一篇讲话中估计，支撑中国军队的现金成本每年至少需要 8 亿元，这一估计是在各种武装力量总数没有超过 200 万的情况下做出的。现在，军队又增加了四分之一的规模。

按照最新获得的数据，中国一年的国家收入总额约为 4.32 亿元，因此，即使每一分钱都用于军事目的，不占用任何一分钱来偿还外国和国内的贷款或者满足公民行政的需要，整个国家的国民收入依然不足以维持军队即便在和平时期一半的开支费用。剩下的钱都是从那些没有权力、不敢抗议的人们身上榨取的，他们不得不支付或者被没收自己所拥有的一切。

1928 年 6 月，国民党军队一占领北京就召开了一次全国经济会议，在这次会议上，遣散军队的问题被仔细予以考虑。会议决定在中央政府的领导下组建一个全国的军人劳动重建委员会，并在各省份设立分支机构。军队将从 200 多万人减少到最多 71.5 万人，被遣散的军人将转业成为军事警察，或者在道路建设、土地开垦、移民定居或保护工程等领域成为获取薪水的劳动者。此外，还考虑和核准了发行债券以支付解散成本的问题。

第一次编遣会议于 1928 年 7 月的第一周在南京举行，但没有达成任何意愿。南京政府已经制定了一个详细的计划以减少地方的武装力量，但其他军头都怀疑政府着手安排的这一遣散武装的计划是要相应地增加自身的实力，因此想获取各方的合作是根本不可能的。

在过去的两年中，南京政府已经批准发行了两批遣散军队的债券，其中一批为3000万元，另一批为7000万元，但遣散工作却毫无进展。

1929年1月1日，中国所有军事派系的代表都出席了在南京举行的正式编遣会议，中国的暂时统一似乎成为可能。但是，长期形成的嫉妒、憎恨和猜疑都太强烈了。各地的军阀都不愿意将地区财政的控制权拱手交给中央政府，而且没有一个将军愿意率先遣散自己的队伍，因为他们担心自己的对手，无论是过去的还是潜在的，都不会紧随自己之后进行军队的遣散工作。

听起来不错的决议获得了通过，解散军队的详细计划也制定了出来，但在编遣会议召开之后不到一个月的时间里，新的内战又迫在眉睫，所有的派系都在招兵买马而不是缩小军队的规模。此外，他们为购买更多的军事装备或增加现有国内兵工厂的产量而展开了对资金的疯狂抢夺。

制定任何遣散中国军队切实可行的计划似乎都是不可能的，除非一个派系或者领袖足够老练和幸运可以通过武力统一全国。但即使能完成如此壮举，要想解散军队依然希望渺茫，除非能获得外国巨额贷款的支持。

这个可以用武力统一国家的人还必须能够控制庞大的军队，然后指挥他们一个省一个省地去消灭为数众多、实力惊人的土匪组织。当完成了这些任务，他还不得不设法找到资金来支付部队的薪水，并且给那些退役的士兵每人至少几元钱来开始他们的平民生活。同时，他还不得不弄到大额的外国贷款用于道路、堤坝的建设以及其他的公共工程，以便给150万甚至更多的足以使国家变得四分五裂的退役士兵提供工作岗位。

在本已困苦不堪、到处充满饥饿和失业现象的土地上遣散成千上万的士兵，无疑会因统治无力而使他们变成潜在的强盗、土匪或乞丐。除非给这些退伍的士兵提供工作，否则他们将不得不为了生存而诉诸暴力。但是，中国遣散军队和进行公共工程项目建设必需的数亿元资金从哪里来呢？当然中国人民无法提供所需的巨额资金，同样肯定的是外国投资者也不会轻易考虑投资中国的公债，除非他们获得了比军事独裁者的保证更实质性的东西。军事独裁者在任何时候都可能被支持他的将领发动的叛乱推翻或者被政治敌人暗杀。这样的独裁政权，即使它可以建立起来，也会在缔造者死后不可避免地陷入新的混乱。

遣散军队虽然不过是中国在没有外界帮助的情况下未能妥善解决的国内问题之一，但却是其他能否获得外界援助的重大问题在被各国认真加以考虑之前必须解决的问题。

中国必须拥有更多的铁路，这意味着她必须获得外国资金。但在中国军事问题解决之前，不会有任何外国资本投资这一领域。中国必须拥有更多的公路，但在外国资本准备修建公路之前，中国必须实现遣散军队与和平的目标。

经历了几年的和平，中国人或许发现在自己的国土上修建铁路和公路以及许多其他的复兴举措所需的资本是必不可少的，但只要庞大且不断增加的军队持续不断地把国家掏空，中国就不会有资本可以用于这些方面，中国人民手中也没有掌握任何能够逃离毁灭性军国主义的手段。

也许，随着时间的推移，这些军队里的一些人会怀有真正的民族主义精神，但到目前为止，这些庞大的武装力量在其组织内部奉行的都是唯利是图的原则。他们从来不会过问为什么要为其首领碰巧支持的一方而战斗，而他们的首领也常常会莫明其妙地突然变换自己效忠的对象。大多数军队长期拖欠军饷，换句话来说，他们是强盗军队并且公开以此宣称。

中国的辩护者们通常倾向于将中国各省发生的土匪行为说得轻描淡写，并指出在美国的大城市里偶尔也会发生 10 来个人的强盗团伙实施的大胆抢劫行为。

然而，中国在庄严的军队名义下，身着制服的强盗团伙根据实际情况可能是 1000 人、10000 人或者是 50000 人。一位中国将军占据了某个城市，他会以如果市民不能满足其提出的在限定时间内一次性将钱交上来的要求就把自己手下的 50000 士兵散出去进行掠夺相威胁，就如同一个持枪的土匪在芝加哥带着六个亡命之徒洗劫银行，用他的左轮手枪逼迫着所有的职员并要求出纳员将所有可用的现金都拿出来。显然，中国强盗是两种当中最残忍的一个，因为其队伍更强大，尽管他们身着制服，有着响亮的头衔，但他们本质上就是一群强盗。

中国大陆地区正被这些超级武装分子恐吓和榨干，在中国没有任何力量和权威有能力来制止他们的掠夺。

第十章

德国顾问

1914 年模式的德国军国主义，被一帮子“不可调和”的鲁登道夫派原封不动地搬到了中国，并在那里开展了教学和培训工作。这显然成为错综复杂的中国问题中一个日益突出的新特征。它已经在中国国内政治中产生了非常重要的影响。

南京方面现在雇用了 46 名德国军事顾问，他们被蒋聘为南京军队的首席教官。但事实上，他们并不是南京政府的雇员，其工资全是由蒋介石个人来支付的。

在国内政治中，这些德国军事专家的存在已经召来了针对南京政府和德国的强烈谴责。国民党左翼甚至呼吁立即着手抵制德国商品的进口。因为他们认为这些德国军事顾问为南京方面的胜利出力不少，德国正在干涉中国的内政。

这一问题牵涉的国际形势首先是贸易方面的事情。因为在中国有许多外国人的小圈子，他们在密切地观察这些德国人如何为德国公司进行商业代理并试图建立起商业垄断，至少就所有的政府采购和合同而言，都与此有关。

另一个关于国际形势的问题是德国政府的相关部门对这

46 名顾问的工作有多少了解。柏林的外交部嘲笑这些“幸运的士兵”除了不像是失业的军事专家之外什么都像，他们居然试图为南京政府建立起一个庞大的军事机器。不过可以肯定的是，这个专家团的第一个顾问马克斯·鲍尔上校在定期向柏林传送秘密报告。还有一些证据表明，这些军事顾问是德国新的“向东进军”政策的先驱，就像曾经受雇于土耳其苏丹的顾问一样。

北京的德国公使馆用“异想天开”这个词来形容一种正不断甚嚣尘上的对时局的看法——德国正利用这些军人在中国建立一个普鲁士化的军事机器。无论如何，我们心里必须清楚，虽然在中国的德国外交和领事工作人员都强烈地否认德国将大量武器运往中国，但是对于细心的调查者而言，船只的清单、运送武器的发票、货物的到达日期等都是他们可以设法得到的。进一步说，我们并不怀疑外交部代表的真诚，我们似乎更应该继续关注柏林的外交部是否也被蒙在鼓里。

马克斯·鲍尔上校曾是鲁登道夫将军的得力助手，也是南京政府的第一名德国顾问。一名当时驻德国的美国报社记者为他和中国驻柏林的公使之间牵线搭桥，于是鲍尔上校在 1927 年至 1928 年的冬天访问了南京。不久，他就偕同一个中国代表团返回德国。

1928 年 11 月，鲍尔上校再次返回中国并担任了南京政府的顾问。后来，鲍尔上校宣布他的部分使命在于工业领域，他会建议并希望南京政府关注，工业可以吸纳成千上万将会很快从庞大的中国军队中遣散回去的军人的问题。

鲍尔上校返回中国后不久，又有大量德国军官紧随其后来到中国。这引起了所有在华从事贸易、银行业务以及领事圈子里的外国人深深的忧虑，他们唯恐日耳曼人会以伪装成军事专家代表团的方式进行工业的入侵。

当这些德国人第一次来到中国时招致了相当多的批评，因为有人说他们是持有“贸易代表团”成员的特别外交护照才得以成行的，而人们推测这些护照都已经被做了手脚，因为根据《凡尔赛条约》的规定，明确禁止德国向别的国家派遣陆军或海军专家。

在北京的德国公使馆依然坚称这些军事顾问的护照并没有任何特别之处，这些文件涉及“外交”问题的唯一方面可能就是中国驻柏林的公使专门给他们进行了签发。

大量军事专家从德国向中国迁移一度在德国国内也引起了巨大的轰动。在国会的辩论中，保守派和保皇派发现彼此在为军事代表团辩护的问题上奇怪地联合在一起。这件事在德国媒体上引起了相当多的流言蜚语。

德国官方的观点一直坚称这些南京的军事顾问不过是失业军人在寻找就业的机会，并且指出所有这些人已经被德国的军队除名很长时间了，所以他们前往中国并不意味着德国违反了《凡尔赛条约》。

的确，南京政府的大多数德国军事顾问曾有过积极地参与这起或那起试图推翻德意志共和国“政变”的相关记录，北京的德国公使馆告诉外界，这进一步证明他们与德国国防部完全没有关系。

鲍尔上校是一个能力非凡的人，但是，他却没有机会能够证明自己只是在与遣散军队有关的工业化中充当顾问的声明是真心诚意的。这不仅因为军队根本没有被遣散，还因为1929年5月鲍尔上校在一次指挥南京军队取得胜利的战役中感染了天花并由此葬送了性命。

冯·克里拜尔上校接替鲍尔担任了南京政府的首席军事顾问，并成为其他44名南京政府聘任的德国顾问实际的负责人。1929年11月，在河南的关键战役中，他利用停靠在北京到汉口铁路上的一辆私人装甲车做个人指挥部，他的战略对南京戡定那场严重的叛乱起了巨大的作用。

在鲍尔上校去世后，人们发现他一直在与德国国防部进行定期的沟通。鲍尔上校向柏林秘密地报告了他的判断，即中国的“南方和北方不可能实现统一”。他还表达了对自己不是与中国北方而是与南方势力发生联系感到遗憾，因为在他看来，中国北方的军人经过适当训练能成为更好的士兵。

鲍尔上校组织了一个非常高效的军事情报局，至今仍在运转。这个情报局为南京政府收集了中国各派系战斗实力的全部信息，甚至还表现出对美国、英国和其他列强在上海、天津、北京驻扎着的武装力量的格外关注。各国针对上海租界以及其他各类在华租界的防御计划，也极大地激发了这个雇佣部分外国人的军事情报局的好奇心。

鲍尔上校在一份向南京政府呈送的长篇咨文中强调了在外国媒体中培育对中国友善态度的重要性，并敦促南京方面作为政府应该着手培养外国驻华记者的良好意愿。他说这些措施之所以至关重要是因为中国在海外实在是声名狼藉。

现在的德国军事顾问团成员包括步兵训练和战略战术专家、制造和使用毒气作战的专家、军事航空专家、地面和飞机轰炸专家、各种类型的武器专家以及修筑战壕、防空系统、卫生兵营等各种设施的军事建筑师，甚至还有军事史的教授。在北京的“陆军大学”里，冯·林德曼将军、顾德威将军、阿尔滕上校都在帮助训练中国军队未来的军官。

除了那些在北京和上海龙华兵工厂工作的人员以外，德国专家在南京有他们自己的大本营，并且他们严格按照自己的军事纪律在军营里生活。在那儿他们根据自己的专长来指导每日的课程，他们的学生包括各个军种的中国将军、上校和其他级别的军官。甚至一些高级将领也来听一些专门为他们准备的讲座，例如关于拿破仑系列战役的专题、关于运输在维持军队士气中的重要性、关于1918年德国因为军用卡车没有橡胶轮胎毁坏了公路而加速军事失败等。

但事实上这些德国军事专家的活动范围早已超出了课堂、交火线、操场和军火库，在上海到处流传着他们涉及垄断和正在迅速扩张的庞大贪污受贿体系的不光彩谣言。

凑巧的是，迄今为止南京方面的大部分税收都不可避免地被用于战争，政府各个部门所进行的采购，也被细心的人们发现可能用于战时的用途。这就导致了一个事实，在某些情况下德国军事顾问负责起草合同的各项技术规范，而如此起草是因为只有德国的制造商才能完成订单。

一家外国公司试图挑战这套体制，结果却落得个几乎破产的地步。最后才知道：如果支付给德国特别顾问合同所涉资金的25%做好处费，订单的规格条文将被更改以使得只有这一家公司能够中标。最终这家公司的负责人获得了接近南京财政部长的机会，亮明了价格，也拿下了订单。不经意间，这种直接交易不仅为南京政府节省了25%的德国人要求的“佣金”，还为政府节省了另外一些中间人15%的佣金，财政部长因此而从大宗货物贸易中为南京政府节省了40%的购买费用。当然，外国公司还可以获得合理正当的利润。

到目前为止，铁道部一直保持着与德国影响之间的清白关系，但交通部在购买供应物资方面却被归类为“亲德”的。南京部队中的空军由前德国战争飞行员福克斯中尉领导。胡梅尔少校正在改组宪兵队。德国专家们在南京、汉口和上海负责军火库的活动。

毫无例外，所有由南京当局为兵工厂购买的新机械都是德国制造的。同样值得注意的是，越来越多年轻的中国学员由南京政府出资逐月派往德国学习。

德国政府驻华的领事和外交人员保持默契，宣称中国从来没有接受过来自德国的武器。他们说：完全有这样的可能，自从武器禁运的命令被撤销以来，德国的一些船只从中立地区或者从波兰的格但斯克港带来一些武器。他们宣布：从德国境内运送任何规模的货物都是不可能的，因为自从《凡尔赛条约》签署以来，盟国裁军委员会一直保持着警惕。他们承认，1918年秋天德国军队溃败，大量德制的武器弹药被德国撤退的军队遗弃在欧洲中部的许多地区。他们说，这些旧物资中有一些可能会从其他国家到达中国。

但是，由德国军事专家提供非凡建议的南京政府并没有在市场上采购12年前的武器和弹药。

这里仅仅是人们所知的自1929年盛夏以来抵达上海的武器弹药的部分清单。

1929年8月4日，瑞克麦斯公司的乌苏拉号轮船载着21箱机关枪，71箱机枪子弹、17箱左轮手枪、202箱左轮手枪子弹、4箱伯格曼左轮枪及配件、69箱步枪、477箱步枪子弹、12箱自动步枪和96箱子弹抵达上海，它们全部来自德国，而付款方是南京政府。1929年9月13日，另一艘德国船只抵达，船上装着201箱兵工机械和兵工用品。1929年10月22日，瑞克麦斯轮船停靠码头卸载机枪和军事望远镜。11月，另一艘瑞克麦斯公司的轮船装载着南京方面委托一家英国公司订购的德国制造的货物，带来了一个马鲁嘉弹药库，包括400箱火药、200箱炸药以及5箱雷管和引信。还有一艘德国船于12月抵达上海，携带了22门77毫米、25门25毫米的野战炮和12.5万发的炮弹，以上装备全部由德国制造。南京将这些武器送到了奉天的兵工厂，当时的奉天已经是南京的盟友。

当然，现在解除了武器禁运，德国并不是唯一一个向中国提供军事物资的国家。

从美国运抵中国的军用轰炸飞机就是一个很好的例子。这些货物是由南京政府订购的，但这些飞机要想离开美国必须得到美国国务院的批准。因而事实上这一行为导致了中国国内所有反对南京各派系的不满，他们纷纷指责美国政府，正如他们更加强烈地谴责德国政府“干涉中国内政”“支持蒋介石集团”一样。

这年的1月，50门野战炮，大量的野战榴弹炮和各种野战炮的配件从日本运抵上海，交付南京政府。

去年12月，英国卷入一桩涉及5万支埃菲尔德步枪和1万支路易斯自动步枪的交易。这些武器表面上看是由四川省的一个将军购买的，而且他还被认为对南京方面怀有敌意。但实际上他是通过秘密的协议暗中支持南京的事业，因而他过去的一些所作所为不过是为了蒙蔽南京方面的对手。

目前，在所有商业圈中，人们对雷兹曼贸易代表团的活动感到好奇。这是一大批的德国人，包括电气、铁路和土木工程专家、钢铁卡特尔以及许多德国制造企业的代表。这一代表团于 1930 年 2 月 26 日从德国出发开始远航，并准备抵达中国后在那里停留很长一段时间。柏林的中国驻德公使蒋作宾向南京汇报说，这个代表团筹备了一年多的时间，德国实业家希望它“对未来的中德合作能够发挥重要影响”。

在上海和中国其他地区的许多外国人都表示，这个庞大贸易代表团的到来与德国军事顾问暗中的活动之间存在着联系。德国官方的态度是要摸清楚对这种联系的所有看法，并且宣布德国的军事顾问对德国在中国的贸易是一个障碍，因为他们是“职业的麻烦制造者，是靠挑起争端来生活的人”。

1930 年初，北京的北方派系指控德国正在向南京政府出售一批毒气弹，这一下子激起了民众巨大的愤怒。这一指控当然也引起了德国从公使馆到上海总领事馆的连锁反应，以下是德方否认的电文：

“我们注意到了流传在山西和中国其他地方以及外国报纸媒体上关于从德国给南京政府运来所谓毒气弹的谣言，德国公使馆已经收到来自柏林的官方声明：制造有毒气体在德国是被严格禁止的，任何违反者都将受到法律最严厉的惩罚。”

但无论如何，一个确定无疑的事实是南京方面不仅在进行使用毒气的试验，而且他们的军队在 1929 年 11 月镇压国民军（西北军）反叛的战役中甚至尝试使用了毒气。只不过风向突然改变了，毒气的使用给南京军队造成了灾难性的后果。

在上海的龙华兵工厂，德国专家指导下那里的工人进行着制造毒气炸弹的实验，而且众所周知，防毒面具正在那里大规模地生产。

因为南京政府雇用了一批德国军事顾问，并且又有一大批德国军火于 1930 年 1 月初运抵中国，所以当上海一份由国民党左翼控制的中文日报《共和晚报》刊登了用中文所写的“对德国的警告”及其英文译本的时候，显然就成了中国人对这些事件怨愤不断增长的第一个具体证据。

这篇社论指出：中国和柏林之间的关系变得日益重要，尽管德国与中国在平等、互惠的基础上缔结了条约并促使两国贸易增长、友谊加深，但“令人遗憾的是现在这样的友谊正被滥用并因此而损害了中国人民的利益”。

“警告”又继续写道：

今天，许多的德国人在我们的国家正做些什么呢?

现在，已故国民党领袖的所有忠实追随者与正在试图消灭革命基本原则的叛徒所代表的势力之间正在进行一场斗争。

支持民主事业的忠诚国民党党员今天联合在一起，试图驱逐他们共同的敌人——他们自私的欲望使其成为篡改国民党信条的独裁者，从而使国家一次又一次地陷入进一步流血和痛苦的困境，甚至他们的腐败和不择手段超过了已经垮掉的北京政权。

现在进行的是一场生死攸关的斗争，它关乎国民革命的前途命运。但这是中国人民的内部事务，所有友好的外国人民都应该保持严格的中立态度。

但事实上许多德国军事专家一直在帮助叛徒进行各种倾轧对手和扩张个人权力的活动……不是作为国家政府的顾问，而是作为独裁者对国民党的系统性破坏的个人工具。

为此，中国人民不得不表达出对这些德国军事专家的厌恶之情，这些人曾经心甘情愿地做德国皇帝的工具，成功地使比利时、法国和其他欧洲国家陷入毁灭的境地并屠戮了数百万人的生命，现在他们又帮助中国的军阀残害成千上万无辜中国人民的生命。

此外，大量的武器和弹药、装甲坦克和轰炸机以及其他致命的战争武器，最近都被从德国直接进口到独裁者控制的港口——上海。

因此，中国人民必须警告德国政府及其国民，这种针对中华民族的敌对行为不仅威胁并破坏着中国人民敦睦友好的精神，而且还会激起他们强烈的敌意。除非德国立即停止干涉中国的内政，并尽量避免进一步卷入目前国民党全国性的反对独裁者的运动当中，否则，中国人民将被迫采取适当自卫性的报复措施，以维护国际公约的神圣性。

从上海发往世界各地新闻界的上述“警告”摘要，引起了德国政府的注意，柏林的外交部矢口否认了种种指责，并发表以下对华的表态：

上海《共和晚报》针对南京政府雇佣德国军官事件所进行的攻击以及关于向中国运送战争物资的指控，根据已知的事实可以说在每一个重要的点上都具有误导性。

德国政府不仅从没有推荐过已故的鲍尔上校和其他现在仍在为南京服务的军官，这些人多年前就已经离开了服役的德国军队，而且恰恰相反德国政府一直试图说服他们不要接受对方的聘请，因为他们在中国的活动可能会给人留下德国干涉中国内部冲突的印象。然而，这些过去的军官，毕竟是拥有独立权利的个人，德国政府没有权利阻止他们按照自己的意愿去做事情。

还需进一步指出的是：根据《凡尔赛条约》，德国被禁止制造坦克、迫击炮以及类似性质的军用物资。因此，显然不可能有德国制造的军用物资从德国进口到中国。

南京政府没有对指控德国顾问一事做出任何回应，德国顾问无论其数量还是他们的活动也丝毫没有减弱。

至于德国武器的运输，每个熟悉上海码头的人都知道，在所有到达这个中国最大港口的船只当中，没有任何一艘船只会因为是德国轮船而遭到海关工作人员针对军火运输的严格搜查。通常情况下，搜查只是为了勒索些小费，搜查期间许多煤仓的煤炭会被搬来搬去，大多数情况下，这种劳动的回报是发现大量隐藏的步枪、左轮手枪或其他军火。

换句话说，德国的武器经常被走私到中国并出售给南京政府的一些竞争对手。南京政府对此当然是心知肚明，所以他们也在努力搜查这些东西，一旦发现肯定是将其全部没收。

第十一章

东北

尽管南京政府对世界其他国家坚称中国已经实现了“统一”，但了解这片被称为中国广袤大陆地区的风土人情及过往的中国人充分地认识到，封建主义、区域割据自治和分裂主义比它们在20年前还要强大，那时候曾经的中华帝国还几乎是个独立的国家。

东北飘扬着国民党的青天白日旗，但南京方面从来没有在那里征收过税赋，也没能在东北三省安插过一名国民党的官员。东北的面积有363700平方英里，比世界大战前的德国和奥地利加起来还要大。虽然中国的统计数据，尤其是关于人口的数据，通常只是一个或多或少的猜测，但毫无疑问的是，人口众多的优势很大程度上有利于中国内陆的各个省份。邮局在1926年估计并确认中国内陆拥有461468019人口，而东北有24508838人。

因为东北拥有海港，又因为东北人口稠密，更加富裕，俄国和日本都在东北有着巨大的利益，所以东北的问题在二者之中显得尤为重要。在中国的国内事务中，东北占据了一个独特的位置。它是一个真正的“独立王国”，在大多数国内战争中都影响着、控制着权力的平衡，比如在那场1930年初夏爆发的中原大战中。当时，所谓的北方联盟对南京方面发动了猛烈的攻击，而东北三省在名义上是效忠中央政府的。如果东北的军队出兵援助南京方面，他们将会对北方联盟的后方造成致命的威胁，很容易就切断其在天津的海上通道，并在短时间内结束战争。

但是东北并没有那样做，而是在名义上依然保持着中立。它深知所谓的中立就是对南京方面事实上的支持，因为各方心里都清楚，仅仅确定东北的军队将起兵帮助所谓的“中央政府”，就足以使北方联盟试图发动的内战变成不可能完成的蠢事。

东北的武装力量总共有30万左右，并且在奉天还拥有一个12000名工人的兵工厂。与中国其他地方相比，东北地区富裕而且统治有方。这些实情支撑了一个在中国广为传播的信念，无论东北打算长期地支持哪一方，都将会使得进行着彼此斗争的中国北方和南方派系彻底地精疲力竭，那时东北作为仲裁员无论偏向哪一方，它的话都将变得极具分量，或者索性挥师南下成为一个不可战胜的征服者。

虽然今天东北的领导人坚决否认存在任何企图再次征服中国的计划，但他们承认如果东北能够保持和平、积累财富，能够保持良好的武装并准备抵抗任何来自长城以南各派系的攻击，而且每年继续吸引大量的移民，那么，由于东北自身的重要性，它最终可能会在可行的统一中国的计划中发挥主导作用。

今天东北的人口大约在2500万到2700万之间，但由于东北三省拥有广袤无垠的尚未被人类开垦过的肥沃土地，东北之于中国就如同拓荒时期（西进运动时期）大西部之于美国的重要性是一样的。每年成千上万的农民从中国的北部甚至中部省份移民东北寻找新的土地，并且满怀希望地新建家园，在这里他们不会受到贪婪军队的蹂躏、盗匪的袭击，以及那些为贪得无厌的军阀收税的包税员们定期的勒索。

东北地区的人口不超过 2700 万，那里优越的条件可以很容易地让 2700 万人过上比同样多的人口在中国内地同样面积土地上更高水平的生活。东北除了有吸引着吃苦耐劳的移民纷纷赶来的未开发富饶土地之外，还有丰富的森林、煤炭和矿产资源，可通航的河流和水力能源，以及比中国其他任何地方都更好的铁路供给系统。

从长远来看，移民到东北的中国民众的性格特征，将是东北地区领导人拥有的政治军事实力的重要因素。这些精神和体力都很充沛的中国人从内地移居到东北以摆脱原来难以忍受的恶政，他们个个身强体壮，并在北方冬季严寒困苦的环境下生存了下来。

换句话说，如今东北住着的是中国长江以北广大地区会聚而来的精英人物，随着这数百万人向北行进成为那里坚定的拓荒者，他们在支持关外这块“应许之地”的同时，自然也降低了他们逃离出来的那些地方人们的进取之心和坚毅品格。

满族人建立的大清王朝直到 1911 年才被推翻，它统治中国超过了 260 年。在这两个多世纪的时间里，东北对中国关内的老百姓是封锁关闭的，因为傲慢的满族征服者不允许他们的汉族臣民迁入自己的龙兴之地定居。

19 世纪末，腐败的北京朝廷在俄国的威胁之下几乎就要把东北送给俄国了，当时的俄国正沿着亚洲东部海岸向南寻求不冻港。

俄国抓紧建设完成了中东铁路，其主线长度为930英里，穿越了东北的北部，并且又修建了从哈尔滨向南到旅顺和大连港的超过580英里的铁路。与此同时，俄国也肆无忌惮地试图获得对朝鲜的控制，而后者几个世纪以来一直是中国的附属国。

这些扩张主义政策最终导致了1904年到1905年的日俄战争，交战双方在东北的土地上厮杀，最后以俄罗斯的失败而告终。

最终吞并了朝鲜的日本，在朴次茅斯和平会议上从俄国手中夺走了旅顺和大连港，它们位于辽东半岛的末端，面积加起来达到1300平方英里。日本还迫使俄国将哈尔滨至旅顺大连铁路的最南端438英里割让给日本，这使得俄国的影响仅限于东北北部，在那里俄国继续控制着东西线930英里以及从哈尔滨往南的149英里的铁路线。日本还拥有并运营着从奉天到安东（今丹东）的一条铁路支线，它与朝鲜的铁路系统相连。这条铁路和几条通往矿山以及小港口的短途支线，使日本在东北的铁路里程达到695英里，而俄国的总里程为1079英里。

日本控制的东北铁路由南东北铁道株式会社所有，其中51%的股份是日本政府的财产，其余部分则由日本私人投资者分散占有。这条铁路系统以及大连和旅顺港1300平方英里的领土，应当在20世纪末归还给中国而无须中国赎回。

俄国控制的这条“中东铁路”，虽然名义上归属中俄联合的企业，但实际上是由俄国建造的，它将在许多年后归还给中国，或者根据条约之规定在归还期限之前由中国赎回。1929

年夏天，据推测，东北的行政当局应当是获得了南京政府的首肯，他们试图以俄国违反铁路协议为借口收回中东铁路。双方尽管并未正式宣战，此举却带来了事实上的战争状态。苏俄的武装部队袭击了铁路两端的中国区域，虽然中国军队的数量远远超过了进攻者，但他们还是失败了。庞大的东北军虽然在装备和作战能力上远远超过绝大多数中国军队，但还是无法抗衡人数极少的外国军队。

在日本与历届中国政府之间存在着一大堆复杂的条约，其中许多都涉及东北铁路的情况、日本臣民对东北土地的所有权以及与之相关的问题。日本方面声称中方违反了这些条约的抗议已经堆积如山，但通常会被奉天地方政府和目前冒充或被认为是中国政府的各个派系所忽略。

其中有一项条约规定：任何铁路都不得与日本专属的南满铁路平行，尽管日本多次抗议，但中国方面还是一再地违反。中国人在东北拥有的铁路线越来越长，有些得到了日本或南东北铁道株式会社在资金和建设方面主动的帮助。

人口过剩的日本在东北发现了对其生存发展至关重要的原材料。同样，日本认为东北是其工业制成品不可或缺的市场。日本如今获得的煤炭和钢铁均来自它在东北开办的煤矿和冶炼厂，并且通过南满铁路加以运输，这些对它的经济生活来说是至关重要的。

此外，正如日本军事人员和政治家们所承认的那样，在军事意义上东北被认为是日本的前沿阵地，因为一旦发生大的战争，日本周边的海洋，甚至朝鲜半岛，都无法为它提供足够的防御线。

位于辽阔东北平原和群山之中的这片土地蕴藏着几乎难以

想象的财富。俄国不敢侵占东北，以免日本被激怒而采取一些预防性措施。日本为了维护自身在东北的诸项条约力利甚至不敢对当地政府施加太大的压力，以免“俄国熊”露出它凶恶的獠牙。而俄国和日本也都不敢瓜分东北，即使他们希望这样做，世界上其他列强也不会赞成他们的行为。

与此同时，又因为日本已经宣布并一再重申，它将不会容忍在其铁路所穿越的区域内发生任何内战，而东北的首府——奉天恰恰在这个区域之内，所以东北政权也因不受中国内地各派系的骚扰而保持了安全。所有的中国派系都知道：无论他们中的哪支力量攻击东北，日本人都将对扰乱其铁路沿线势力范围的内战双方解除武装以化解威胁，必要时还将采取武力强制行动。中国的各个派系都不敢采取任何可能会引发日本积极干涉的措施，唯恐这种干涉导致日本为保护“领地”，安抚其他列强，而同意“门户开放”政策。

不管怎么说，必须指出，尽管日本不允许中国各派系从长城以南发动对东北的攻击，但却没有禁止东北在长城以南向其他中国派系发起进攻。

第十二章

文化冲突

在现代中国，东西方文化许多方面的冲突，给中国人生活和思想的根基造成的破坏，就如同势不两立的军队在相互厮杀战斗中践踏毁灭了脚下的家园。虽然这种冲突还在进行，但中国整个经济结构已经在与西方世界机械化生产方式的冲突中解体了。

它不再是一个国家，而成为一个缺乏能够胜任的领导集团的民族，那么在这多方面冲突同时发生的情境下，国家陷入内战又有什么可奇怪的呢？

与此同时，革命推翻了人世间至高无上的天子和他统治的古老王朝，新思想摧毁了传统家规、家训和家庭责任。当这些进程推进的时候，各派敌对军阀的部队正在开战，战场变成一片焦土，为了生存下去而斗争的愿望是如此强烈，以至于人们早已将诚实和公平交易的古老准则抛在脑后。与这些进程一致，铁路使得成千上万的挑夫苦力失去了工作，江河上行驶的蒸汽船，使得成千上万在中国内河用舢板和帆船进行水上运输的船工顿失生计，而且使得数万名在长江三峡拖拽旧式船只逆流而上的纤夫没有了用武之地。在外国工厂源源不断地向中国出口它们机器生产的商品时，外国资本也正在中国城市当中热火朝天地建设各种现代化的工厂，这些都助力摧毁了几个世纪以来几乎没有发生什么变化的中国家庭手工业和小作坊。

这些力量的结合造成了普遍的失业和贫困，而失业又与相互竞争的军阀们正忙于招募地方性武装力量的时期相吻合，因此军队很快就膨胀到难以控制的程度；军队中的许多人经常会因为领不到军饷而开小差或者叛乱，从而增加了盗窃和抢掠的数量。

这个国家的领导人，无论是完全由贪婪和野心所驱使的、不择手段的卑鄙小人，还是高尚无私的爱国者，他们目前都不可能找到一个新的政府形式或权力来取代已经被摧毁的政府。保守派确信老办法是最好的，外国思想和方法与中国的实情格格不入，他们顽固地反对那些想要铲除旧办法并尝试新办法的激进分子。这两派的傲慢和固执时至今日仍然没有变化，以至于温和派想要通过新与旧的调和，本土文化、方法与外国文化、方法的调和，政治行动与经济复兴的调和，来继续缓慢前行，重建国家和民族都不可能完成。

人们对中国和日本做了许多严肃的比较后发现，中国无法适应20世纪的历史条件，与日本在不丧失其文化生活本质要素的情况下再造成为一个高效工业国所取得的惊人成功，形成了鲜明的对比。

“归国留学生”——这个称谓适用于中国和日本留学回国的任何人，不管他年龄多大，也不管他回到祖国已经多少年——都在重新塑造着这两个国家。在日本，人们对这个阶层寄予厚望，因为一个贫穷而落后的民族已经成为世界的列强，所以他们理所当然地被人们尊敬。但在中国，归国留学生对平息由骚乱所导致的社会失序却未能提供什么帮助。

1868 年，中国政府第一次派遣留学生出国。就在这一年，容闳博士带着 30 名男孩前往美国求学，加上后继者这些学生的总数达到了 120 人，但他们在完成其大学课程之前就全部被召回国内了，这场运动也就暂时中断了。

但中国在 19 世纪最后十年的一场战争中被日本灾难性地击败之后，这场运动又重新开始启动了。中国意识到现代化是至关重要的，学生们被越来越多地送往国外。在 20 世纪的头十年里，当与种种失败的革命有关的学生们试图在外国寻求庇护时，这些数字大大增加了。在这一时期，尤其是日本的大学涌入了大量的中国学生，而在美国和欧洲学习的人数也正逐年增加。

通过归国的留学生，日本习得了效率。日本已经建立了许多工厂，并且在世界海洋贸易的竞争中取得了巨大的成功。日本很早就使自己摆脱了“治外法权”，并且拥有了健全的法律和良好的法庭。日本拥有一支高效的陆军和海军，以至于她的话语在全世界都有了分量。但是，日本没有经历过革命，没有推翻一个王朝，也没有爆发广泛的内战。

然而，总的来看出国留学的中国人忽视了科学，冷落了力学。按照古老的儒家思想，一个学者务必致力于治国理政，因而大多数的中国海外留学生都专攻了政治经济学、哲学或者其他的人文学科。他们学成归国时带回了各种各样相互抵触的经济、政治和社会理论。中国留学生通常是文化的混血儿，而日本留学生则是优秀的技术人员和工业专家。回国后的日本留学生给他们国家的社会生活带来了实质性的变化；而回国后的中国留学生，给这个充斥着大量文盲的涣散的国家带回的则是一些无法被采纳的理论。

胡适博士，一位与当今世界上伟大的思想家们比肩齐名的中国著名年轻哲学家，曾经勇敢甚至是毫不留情地批评自己祖国的缺点。他断言，中国已经发现自己的旧文化根本无法应对“贫穷、疾病、愚昧和腐败，这四个国家的主要敌人”。

中国不愿意承认自己古老文明的失败，胡适博士说，这其实是一个拥有辉煌历史的伟大国家自尊心的本能反应。他指出：中国以前从来没有与拥有卓越的军事力量和先进文明的异族发生过冲突。不止一次，中国被好战的野蛮人所征服，但最终她的文化征服了征服者。有时，中国心甘情愿地屈服于文化的入侵，就像印度将佛教传入中国时所做的那样，佛教到中国的时候并没有一名印度士兵跟随。

现在，中国在历史上第一次，陷入了与一种以政治和军事实力为支撑的文明史无前例的冲突当中。胡适博士指出：她无法将文明与其背后的军事力量区别开来，也无法接受西方文明比中国文明优越。

这位年轻的中国哲学家认为，将西方文明归结为“唯物质论的”，而将东方文明归结为“精神至上”的是荒谬的。他说：西方文明同样是理想主义和精神至上的，这体现在科学的诸多领域，体现在其民主制度当中，体现在那些减轻了人的劳苦、增强了人类幸福感的机械装置的进步当中。他强调指出：远东地区的古老文明只是安于现状，而未能为了人类的利益去尝试更多征服自然力量的办法。

“从最坏的意义上来说，这才是唯物质论的。”他在 1929 年晚些时候宣称：“我在一个把人当牛作马来驱使役用、让妇女忍受了1000年的裹脚缠足而毫无抗议的文明中看不到任何高尚的精神。”

“中国古老的人文精神已经死了，而我们还没有学会掌握新的；旧的社会秩序已经变得腐朽，而我们却不愿意着手建立新的。在半个世纪的时间里我们优柔寡断、犹豫不决，我们颓废堕落、无所作为，我们悠久文化的遗存——古老的绘画、青铜器和瓷器——早已经离开我们这个国家成为美国、欧洲和日本不断增加的收藏品，我们过去的寺庙和其他建筑遗迹因为无人重视和缺乏必要的维修资金，而只能眼睁睁地看着它们变成一堆瓦砾。”

“宗教、皇权与和平的社会环境创造了这些艺术，但是贫穷和战火把它们销毁殆尽。一百多年来，我们从未见过哪怕一个顶级的画家、诗人、思想家或者教师涌现出来。然而，我们却仍在这里大谈所谓的保留‘民族的遗产’和‘民族文化的精华’”。

“当饥饿的农民錾削下古代雕塑的头像将其卖掉以换取一碗大米，当士兵们盗掘皇家陵墓来为外国市场搜寻陪葬的珍宝时，我们还能保存下什么呢?”

胡适博士毫无顾忌对那些肤浅而自负的同胞冷嘲热讽，作为一位睿智的爱国者，他坚持认为，如此一些人有害于中国的发展，这招致国民党对他产生了强烈的敌意，甚至官方数次计划对他提起刑事诉讼以惩罚他的坦率。

胡适博士谴责的种种存在的弊病并没有被人们加以否认，但他的批评者认为，为了留住中国的“面子”，他应该对这些恶习保持沉默。幸运的是为了维护南京政府的好名声，少数政客们对这位大师的叫嚣已有所减弱，而在关于他的诉讼案件中，政府仅有的正式举措也不过是向他递送了“警告”。而胡适先生对这种恐吓的尝试根本就无所动容，他依然坚持其勇敢无畏和直言不讳的做法。

朱立安·阿诺德是北京美国公使馆的商业专员，胡适博士在为他的《中国问题撷要》这本书撰写的令世人大跌眼镜的前言中，坦诚地向世界和他的中国朋友陈述了自己的观点，正如胡先生向编译成册的题为“人类向何处去?”丛书投稿时所做的那样。事实上，这位中国的哲学家以自己的真知灼见，否定了自己认为中国在19世纪没有产生任何伟大思想家的悲叹，在前言中他说道：

我们必须了解自己。我们必须承认我们穷得可怕，我们的人民正遭受使文明人感到可怕的苦难。

我们必须承认，我们的政治生活已经溃烂到了核心……

我们不能再用帝国主义列强阻碍了我们国家的繁荣和进步这样的话语来自己欺骗自己……

在我看来，今天我们所需要的是一种坚定的信念，它就如同宗教忏悔一样深刻，我们中国人在一切事物上都落后了，世界上每一个现代化国家都比我们好得多。

如此尖锐的批判出自中国最杰出的人士之口，这与外国人的负面批评显然不同，因为大多数外国人都认为：中国人天生就缺乏某些素质，因此永远无法很好地管理自己的事务。然而，胡适博士的批评似乎是为了激发起同胞们潜在的能力和干劲，并使他们确信自欺欺人和自我满足都是愚蠢的。国外的批评引起了中国人的怨恨和一种对着干的愤怒情绪，而胡适博士的批评也许会成为一种鞭策。

在最近的几十年之前，大多数中国人认为所有外国人都是未开化的“蛮夷之辈”，但是当中国一次又一次地输掉了与外国列强的战争，这种关涉种族的傲慢看法受到了猛烈的冲击。诸多事件的发展趋向使中国最开明的民众逐渐相信，西方文明在许多方面是优越于东方文明的。

这种冲击与震撼来自过去的自负情结与新的自卑情结奇特结合的发展，并且在许多情况下，这个结果表现为一种漠视理性和事实，冲动易怒、焦躁不安的态度。

今天我们在华人的圈子里可能会发现一些悲观主义者，他们认为地理、气候和文化的力量一直在发挥作用，致使中国人民无法获得新生。同样不理性的中国乐观主义者也比比皆是，他们宣称，尽管中国目前存在着混乱的局面，但中国人天生就比世界上其他民族更加优越，并将在下个世纪主宰全球。这些人对现代化和当代世界的大势不屑一顾，只是一味地指出中国历史曾经何等的辉煌、中国的无名英雄发明了火药、指南针和印刷术，中国很久以前就涌现出了诸多的圣贤。

毫无疑问，许多生活在中国的外国人，他们毫不掩饰自身优越感的傲慢态度，强化了华人种族自卑感或者优越感问题的重要性。我们很难判定，中国民众这种对部分外国人深深的憎恨态度有多少是出于愚昧，又有多少是出于傲慢或者自我保护的本能。但显然所有中国民众对外国人那种傲慢态度的不满，都是自然而合乎情理的。

那些因为态度傲慢而可能冒犯了华人的外国人辩解称：他们之所以持这种态度可以说在很大程度上就像一个在黑暗中为了给自己壮胆而吹口哨的小男孩一样。

让我们设想一下，40000 万名外国人生活在有 300 万人口的上海，或者是 6 个外国人孤立无援地生活在一些人口达到 10

万的内地城市当中。这些外国人自然本能的反应就是，强化并坚持那些使他们与周围一大群陌生人区别开来的东西。只有通过坚持那些与众不同的特性并放大它们的价值，外国人才能避免使自己完全陷入由不同肤色的民族、异域的文化、难以沟通的语言，以及奇特的风俗习惯所造成的陌生生活当中去。

前往美国或欧洲的中国人一般不会采取这种刻意自我孤立的策略。一般说来，他要么去考察和学习，要么仅仅是去做生意。但无论如何，他都必须掌握自己逗留的那片土地上陌生的语言。但大多数外国人去中国是为了做生意或者教学。如果是前者，他们不需要掌握中国的语言，因为他们可以很廉价地雇佣到中间人买办；如果是后者，他们就会把自己的知识或文化强加给中国人，而很少向对方学习或者试图去了解和研究中国的文化。

还有很多批评针对外国人的如下做法：中国人不管他们多么杰出多么优秀，都不会被中国城市里的外国俱乐部接纳为会员或者客人。这样一种拒华人于千里之外的做法，与其说是因为一些俱乐部成员为了享有种族优越感而给予的支持，不如说是植根于一种让某些地方使人纯粹地想起“家”的本能，一些公寓在其外观和经营管理方面都完全保持了外国的式样。如果中国人被允许进入这些俱乐部，他们的数量可能很快就会远远超过那里的外国人。毫无疑问，旧金山、纽约和伦敦的中国居民也有同样的本能，他们反对俱乐部给予那些美国人和英国人以会员的资格。

那些归国的留学生是今天中国最不安分的群体，他们中只有一小部分能够在大城市中站稳脚跟，或者在政府中谋个差事。他们与现在中国各个大学、学院里的学生们一样，对身处自己的祖国却没有用武之地的事实感到万分沮丧。

许多年前中国的学生就开始在政治生活中扮演至关重要的角色了，这得益于中华民族尊重学问的古老传统。就在世界大战结束后不久，很大程度上正是由于学生抗议的结果，当时的北京政府迫于压力指示其外交代表没有在《凡尔赛条约》上签字，因为中国年轻的爱国者坚决反对和平协议中日本取代德国控制山东以及继承其他权益的条款。

从那时候开始，学生作为一个阶级成为革命进步的强有力因素，他们为民族主义运动做出了不可估量的贡献。

在1929年的春天，中国的学生界对南京国民党中央执行委员会要求他们把政治事务留给自己的前辈，而他们应该返回到自己的课堂中去感到失望。学生们为了支持民族主义正在艰辛努力地工作，但这一命令对他们来说简直是一种可鄙的回报。他们的反应是直接而猛烈的，现在没有任何反对南京政府的派别对它的谴责比学生阶层更加直言不讳。他们谴责南京政权是“一个反动的集团”，并宣称它企图“阻挠中国革命的进程及革命目标的实现”。

这种学生与政府之间的冲突几乎是不可避免的，因为学生阶层已经以青年人再自然不过的热情，接受了左翼激进的信条。他们不能理解南京政府，南京政府为了维持其统治，也被迫变得越来越保守和不作为。

毫无疑问，学生们已经完全脱离了政府的控制。一旦事情的发展与他们期望的方向相反时，他们就召集罢工者，试图指挥学院的工作人员，把教育部门负责人的办公室包围起来。

国民党通过下令，要求所有学生的爱国活动必须“在国民党的指导下方能实施”来进行反击。但学生们的回答是，如今的政府是由以前伪装成爱国者的那些暴君组成的，而国民党在目前领导人的控制下也已经不再适合做他们的人生向导了。

对于中国来说，学生阶层与政府之间离心离德真是一件不幸的事情，因为国家未来的管理者需要从这个阶层当中来选拔，就如同这个古老帝国的政府要依靠士人等级来遴选官僚一样。如果年轻的知识分子们被迫起来反对国民党及其所创建和控制的政府，那就意味着未来的管理者只能从军人的行列里来选拔，如此做的结果必将是无限地延长所谓的“训政期”，并极可能在未来导致一场旨在推翻这个蛮不讲理、靠武力支撑的残暴统治的社会动荡。

第十三章

杂闻

当今中国，在重大事件和那些休闲读者感兴趣的八卦新闻之间，常常有着巨大而根本的差异，在那片兵荒马乱的土地上，真正的重要性似乎仅仅和那些转瞬即逝的人物与事件有关。

从表面上来看，相互敌对的将军们所进行的斗争、漫长的围困进攻、饥饿和灾荒、各省的叛乱，以及发生在城市中的趁火打劫，似乎都是这个国家最重要的事件。这类事件的发生会吸引驻华记者的大部分时间和精力，但过不了多久，不断发生的人间悲剧就会逐渐丧失掉它们对记者的特别吸引力。

举例来说，本书作者就突然发现那些在 1925 年举足轻重至关重要的将军经过四年时间，已经大部分从人们的视野中消失了。他们有些已经入土，有些隐居在佛教寺院，还有些躲在异国他乡过着可耻的富裕生活。他们来了又走了，他们的胜利和失败对中国的历史几乎没有什么太大的影响，就像夏天阳光下蜻蜓的绚丽多姿对一年里季节的更迭所起的作用一样。

当这些表现浮华的绅士们在为他们无法控制的权力而作战

时，当他们杀害同胞、毁坏家园，驱使他们的部队像蝗虫一样进行破坏时，更重要的事情一直在中国发生着。

例如，在过去的两年里浙江省有超过一百家电灯厂开业，这一发展对成千上万的浙江人产生了深远的影响。单根蜡烛的火焰显然不利于人们读书看报。或许成千上万曾经在黄昏时分就早早入睡，以及那些昏昏沉沉吸食鸦片的浙江居民，现在正在电灯下改变着他们的生活习惯。

在中国，很多乡镇和城市仍然会遭受烧杀抢掠，但与此同时，兴建了图书馆的乡镇和城市其数量也在不断增加。

祖先崇拜仍在中国延续，但如今几乎所有的沿海乡镇和城市当中的人们都在热烈地讨论是否应在那些大型学校中开设外国培训的妇产学来作为控制生育优先选择的公共课程。

“杂闻”这一内容零散的章节是根据四年来在中国许多地方生活和旅行时的所见所闻以及心理感受写成的，它可以帮助外国读者了解在这片遥远而陌生的土地上人们是如何生活的。

1929 年 7 月的第二个星期，“一成不变的中国”发生了一起颇富戏剧性的变化，中国末代皇帝溥仪从天津的一所房子搬到了另一所房子，而与此同时南京政府在北京支付了一笔酒店的账单。

一开始溥仪在天津的日本租界租了一所舒适的宅邸，每月租金为 650 块银圆，但不久他就发现自己的财力正渐渐变得捉襟见肘，于是只好搬到了一所每月租金只需要 300 块银圆的小一些的宅子里。

在溥仪搬家的那天，南京政府在北京支付了一笔价值 1.7 万银圆的酒店账单，他及他的妻子、秘书、保镖在这个旅馆里只住了 15 天。同时，南京政府还赏赐给酒店的服务人员总共

1500 块银圆的小费，并且向北京警察机关的工作人员赠送了1000 块银圆作为礼物。

1929 年的夏末有一些刚刚十几岁的男孩因受到参加共产主义活动的指控，而被国民党领导人批示逮捕。引用中国媒体的报道来说，就是国民党集会“表决他们有罪”，在没有进一步审讯的情况下他们在同一天被处死了。

同一个月，在大上海中国法院的管辖下，一名被判有罪的杀人犯以一种新的、残忍的方式被处决。这个被定罪的人，双手捆在背后，脖子绑在了一个十英尺高的十字架横梁上，然后他脚下站立的桌子被踢开了。几名身强体壮的刽子手抓紧他的双腿，使劲地摇晃，但那人一直挣扎、扭动了 20 分钟。他最终是因为被人踢到腹部而死亡的。

在上海诸如这个中国罪犯被绞刑处死的细节司空见惯，因其太过令人震惊而无法见诸报端。在上海华人管理的地区，囚禁女性的监狱其条件可能就像过去描述的欧洲中世纪的监狱一样。

1929 年 10 月一个阳光明媚的日子里，漂亮的小女孩梅芳子年仅 16 岁，满心欢喜、满脸微笑地坐在精心刺绣的花轿之中。花轿穿过上海的大街小弄前往正等待她的新郎的家。她的新郎叫许福泰，是一个水果店的老板。

但在半小时之后，当轿子跨过丈夫家的门槛时，漂亮的小梅已经变成了一具冰冷的尸体。

小新娘死在了轿子里，大概是由于突发的心脏衰竭。当她的尸体在丈夫住所门口的轿子里被发现时，碰巧新郎租赁的住房和店铺的主人就站在附近。

房东是一个深受陈旧迷信思想影响的人，他坚信如果将死去的新娘带进房子里，倒霉的日子就会降临到房子主人的头上。

于是房东狠心地决定：“如果她不能像其他新娘那样按照习俗走着进去，那么她就不能到家里去。”房东还专门找来了警察以维护自己的权利。

那位极度悲伤的年轻新郎雇了两个健壮的苦力，他们比起担心坏运气更需要的是钱。新郎把新娘尸体的左腿绑在一个苦力的右腿上，把右腿绑在另一个苦力的左腿上。然后，这两个苦力大踏步地走进商店，接着又走进了更远一点的起居室，年轻的新娘毫无疑问就行走在他俩中间。

上海狂热的爱国青年不赞成一切外国的东西，他们喜欢公然地给穿着外国款式或进口面料服装的中国妇女和女孩盖上印记。

这些年轻人将大的橡皮图章和红墨水印盒藏在他们的长袍里。当他们看到那些冒犯他们爱国心的年轻女性时就像“开膛手杰克”一样迅速地在那些女性的衣服上打上醒目的汉字：

我不是一个正派的女人，因为我穿的是外国货。

然后爱国者们很快就消失了，留下那些歇斯底里的年轻妇女们向充满敌意和嘲讽的人群做解释。

生活在偏远的甘肃和新疆的传教士在他们的报告中声称：令人难以忍受的贫困和持续的食物短缺使这些与世隔绝的地区形成了一种奇怪的习俗，那就是已婚男人向外出租他们的妻子。

有时候这种合同的租期只有一两个月；但有时候是长期的租赁合同，期限可以长达两年或三年，且费用是预付的。长期的租约通常是由于一对不幸的夫妇为了能够得到足够的钱来保证将一个受他们垂青的孩子抚养成人。

但是，如果被租来的妻子在离开丈夫家很远的地方生下了任何孩子，那么这些孩子就属于租她的那个人，当她回到丈夫家时，她也就失去了对这些孩子所有的权利。

星期天下午五点在上海莫扎迪斯酒店（音译）宴会厅入口。一辆豪华轿车行驶到路边，一对穿着外国服装的年轻中国夫妇下了车。

就在汽车门关闭之前，可以瞥见车里有一个华丽的黄铜痰盂牢牢地固定在地板上，后座上放着两个小方靠垫，上面苫着绣有热情邀请的黄色字母“请坐”的蓝色缎面方巾。

洮州（今临潭）是一座位于甘肃省的古城。1929 年春天的百姓起义以休战告终，由于害怕报复而逃进沙漠里的百姓，被官方邀请回到自己的家园。当他们列队行进到城门口时，每个成年男子和男孩都得到了一份保证对他们宽大处理的护照。据统计，有超过 6000 名男人、女人和儿童返回了洮州城。

随后，中国驻防部队的指挥官对人群开始训话并宣布省长已经下令给每一个成年男子和男孩提供了大麦以作为一个星期的口粮。他们必须从南门出去，交出自己的护照以换取大麦，然后再返回城里和自己的家人团聚。

好奇的美国传教士走上城墙，看到大批的成年男子和男孩们走到南门外的阅兵场上，大家都耐心地等待着大麦的发放。

突然，中国士兵对这些手无寸铁的男人们发起了联合攻击。佩剑、匕首和左轮手枪迅速地把被困人员变成了这场复仇诡计的牺牲者。在城墙内等候的妇女们，听到了城墙外的喧哗之声，开始了歇斯底里地叫喊。

很快，南门外面一片寂静。接着，疯狂的妇女声嘶力竭地奔涌而出，试图辨认出哪个是她们亲人的尸体。

官方统计当天晚上埋葬的尸体总数为2996具。

一轮又一轮的军事危机频繁袭击着中国的城市，在内陆针对外国人的谋杀和绑架越来越多。这些事情交织起来在世界任何地方都必然会引起严重的恐慌，但这里是如此的司空见惯，并使得那些生活在中国的外国人培养出了一种不可思议的超然和沉着态度。

当战场上士兵的尸体顺着河流漂过广州这座城市时，外国人会漠不关心地登上汽艇沿江而下去高尔夫球场，甚至在得知进攻的部队距离他们大约只有20英里远的时候也是如此。如果枪炮声引起了任何言论，那也只不过是一种不经意的言论，说它们听起来比前一天更近一些或者更远一些。

在上海，尽管叛军可能已经切断了距离租界只有25英里的上海至南京的铁路，枪战就发生在毗邻租界的地方，租界内的生活仍然照常进行。

在上海大型的外国酒店里，外国人（以及数量不减的有钱中国人）会带着他们一贯的热情去参加茶点时的舞会。与往常一样多的玩儿家聚集在各种会所的酒吧、牌屋和麻将馆的房间里。当然，自卫队采取了预防的警戒措施，但是没有什么令人激动的事情被记录下来。

1926年的北京，当进攻者距离这座城市只有12英里远，从城里最高酒店的屋顶就能看到炮火时，舞会仍然在空中花园举行，在古老的北京墙上散步的人比平时还多。

但是，在1928年的夏天北京城里人们的无动于衷被极度的焦虑所取代，因为原来在这里驻防的北方派系军队已经撤走许多天了。当国民党军队攻占山东省省会济南府时，与日本人进行了激烈的冲突。国民党对许多新占领的城市进行了广泛的洗劫，并对那些被认为与旧政权有瓜葛的中国平民百姓来了个“秋后算总账”。

除了留下大约3200人维持秩序之外，所有北方的士兵都已经从北京城里撤出。北京城厚重的城门紧闭了六天。整整六天，没有人能从这座古老的灰色城墙里出去或进来。在这六天里，铁路、电话和电报线路都被切断了，除了公使馆区的无线装置，北京完全与世隔绝。

接下来在6月5日夜晚，一项制订好的计划被宣布：第二天早上十点，国民党军队将从南门进入北京，而在同一时间北方的小股留守部队将从东北门出城。

那天晚上，晴朗的夜空中挂着一轮将满的明月。银白色的月光下是那座偌大的北京城，一百多万人口拥挤在已经毫无用处的中世纪城墙内，等待着未知的命运。

这座巨大的灰色城市静卧在那里，仍然保存着其他动乱留下来的鲜活印迹，书写着古老的人类历史。北京希望和平地被接管，几乎所有的住户都准备了一面蓝白相间的国民党旗帜，但同时也担心随时可能会听到对紧闭的城门发起进攻时的第一声呐喊。

除了源源不断、危言耸听的谣言、不断上涨的物价和令人担忧的蔬菜、鲜肉供应短缺之外，刚刚过去的这几个晴朗、炎热的六月天和其他日子没有什么区别。但是6月5日的夜晚和其他的夜晚不同。狭窄的大街小巷几乎一片寂静，北京城里特有的低沉洪亮的嗡嗡声也平息了。在平时，从早到晚任何时候都能听到人们发出非常大的嘈杂之声。

洒满月光的街道上看不到一个士兵，甚至连警察也都藏了起来。但是，当接近使馆区时能发现大量的士兵，英国的、日本的、法国的，还有美国、意大利的海军陆战队员。

日本人守卫着进入使馆区的马可·波罗大门。使馆区围墙上架着带刺的铁丝网，大门的两侧和墙上都架着机关枪，用来扫射沿着道路和护城河外巨大的露天斜坡一切可能靠近的敌人。

宏大的六国饭店[1]里空空荡荡。六个妇女，没有一个是年轻的，害怕地在大厅里挤作一团低声地交谈着。她们与旁边一个平静的英国男士形成了近乎荒诞的对比。这个英国绅士穿着一件晚礼服，端正而刻板，白色的手帕掖在左边的袖筒里，只露出一个角。他独自坐在那里，啜饮着黄色的利口酒。

使馆区南部的边界就是古老的北京城墙了，顺着向东南方向延伸的城墙漫步下去，除了能看到的美国海军陆战队员肩膀上扛着步枪来回踱步的身影外，再没有别的什么人了。

北京大面积居住着汉人的区域位于城墙南门以外，那里也有较为矮小的封闭城墙，同样保持着不同寻常的沉默。没有任何活动的声响从那个居住着 30 万人口的地区传过来，目光所及的街道上冷冷清清、空无一人。

北边黄色琉璃瓦覆盖的偌大面积的紫禁城里没有亮着一盏灯。几天前张作霖元帅和他的政府遗弃了它，逃回了东北。

皎洁的月光照耀着紫禁城的屋顶，仿佛给它上了一层釉子，同样的情形也曾出现在 1644 年新旧王朝更替的过渡时期。就在满族人从北方胜利进京之前，明朝最后一位皇帝在煤山的亭子里上吊自杀了。满族人建立了一个新王朝，一直统治到

① 民国时期北平使馆区的一家外国公司开设的酒店。

1912 年。但是在这个月色如水的夜晚，已经沦为平民的年轻溥仪——那个曾经强大的清王朝的末代皇帝，却在天津的外国租界里过着潦倒的生活。当征服者的军队再次叩响中国古老都城大门的悲剧上演时，溥仪被忽略掉了。

站在北京墙上，从美国使馆的建筑群望过去，只有 11 英里远的西山，黑色的线条清晰可见。那天下午，敌方的骑兵出现在距离北京 9 英里的颐和园。颐和园坐落在修建着庙宇的西山脚下，它是由慈禧太后耗资五千万银圆建造的，小溥仪也是这位太后选出来继承大统坐上金龙宝座的。慈禧太后是当年引发中国和北京陷入六月危机诸多事件链条当中的一个重要因素。当然那是另外一个独立的故事了。

傍晚时分，当绚烂的晚霞染红了昆明湖上盛开的荷花，颐和园周边的战斗仍在激烈地进行。那个夜晚，许多士兵的尸体倒在颐和园道路两侧的杂草和沟渠之中，他们黄色的脸庞在月光的映衬下变得更加毫无血色。所幸的是这场战斗终于结束了。

在 6 月的那个夜晚，成千上万、密密麻麻的骑兵和步兵在北京城外集结。这些身着制服的士兵对时局来说至关重要，他们被汗水打湿的灰色制服上沾满了灰尘和泥土，当黎明到来的时候他们可能就会踏进北京古老的城门。月光洒在紫禁城的屋顶上，也洒在这成千上万的灰衣人身上，他们的步枪和刺刀在月光下闪闪发光。

而此时的北京在静静地等待、等待……

在洒满月光的屋顶下，在泛着白色月光的城墙里边，在成千上万棵巨大古树的黑色阴影里，北京人默默地蜷缩在一起。北京人在疑惑、在猜测这些彻夜行军的人一旦进城之后会成为自己的朋友还是敌人？他们会抢劫吗？他们会杀人吗？

那天晚上的北京，不只成千上万的汉人、满人、蒙古人无法入睡。还有公使馆里的美国公使保持着警醒的状态，他再一次仔细地检查将所有美国公民都接入公使馆内这个相对安全区域的方案。他正试图和位于天津大沽港口附近的美国战舰匹兹堡号取得联系。公使馆大楼里的无线电台整晚都在嘀嘀嗒嗒地发着电报，终于联系上了在天津指挥着 3400 名美国海军陆战队员的史沫特莱·巴特勒将军。巴特勒将军的二十四架飞机已经做好了准备，一旦发现北京出现麻烦的迹象就可以马上起飞来进行救援。他的二十四辆轻型坦克和五十多辆卡车也已经安排就绪。在接下来几个星期的焦虑观望中，美军发动机里的油和水一直保持在合适的加热温度以便能够快速地启动。驻扎在天津的美国第 15 步兵团的两个营也做好了随着开拔的准备。

那天晚上的北京，对英国、日本、法国、意大利以及其他国家的公使来说同样意义重大，他们大部分在大沽口也停泊着军舰，在 88 英里外的天津驻扎着做好准备的地面部队。那天晚上的北京，有 1800 名美国和欧洲各国的公民被困在这座城墙高耸的城市里，还有大约 2000 名日本公民，他们中的大多数人已经挤进了日本的使馆大院。

那个夜晚，所有公使馆卫队的指挥官们也都保持着高度的警惕，静观其变。

距离意大利公使馆最近的通往使馆区的大门被意大利海军陆战队员把守着，他们身穿深蓝色的制服，头戴白色的帽子。英国士兵架着机枪，守卫着离英国使馆最近的大门。

向北穿过使馆区北部宽阔的林荫大道，就会看到一幢由美国使馆卫队的士兵们保卫着的俱乐部。那里没有别人，除了五个身穿白色长袍、受到惊吓的中国仆人。

但他们并没有害怕到无法给客人上冰镇的德国啤酒，他们中的一个人随意地选择了一张唱片，是由巨大管风琴演奏的“欢乐颂”。扩音器里传出的“欢乐颂”动人的和弦，融入到北京那个决定性夜晚的寂寥之中。

明亮的月亮，漆黑的阴影。才晚上十一点，街上就空无一人。几乎看不到一丝光亮在建筑之间的缝隙中闪耀。各家各户的门窗都被紧紧地关上了，一些大门刷着红色的油漆，那是中国人心中承载着幸福的象征。

“欢乐颂”还在耳畔回响。

沿着狭窄、空寂的小巷前行。巷子太窄了，以至于根本无法并排通过两辆黄包车。但问题是一路上根本碰不到其他黄包车。

过了一会儿，在一个角落里音乐再次响起。这是传教士们在内陆旅行途中携带的手风琴发出来的声音。一个尖细的女高音用英语在演唱：“耶稣爱我，我知道——”

“欢乐颂?”

又过了一个急转弯。融入月色中的赞美诗那颤颤的歌声突然中断了，就像一颗子弹可以中断祈祷或者诅咒一样。

再转一个弯，又是那熟悉的红色大门和那白墙环绕的家。

世界突然沉寂下来了。

等待。

柳树，静静地站在月光之下，甚至连它在地上的黑色阴影也一动不动。

红色的幸福大门关闭了，上了闩。

耳朵可能会因为听到一声击碎了美好夜晚的枪响而紧张。

但是只有寂静和等待。

当类似于汉口或广州这样的大城市遭到袭击或被占领时，美国和欧洲的报纸就会用大字标题进行报道。但世界上的其他地方却对 1929 年 5 月发生在乳山的恐怖罪行一无所知。

乳山城位于山东省东部，远离铁路，离海也不是很近。1929 年春天，几位从前的军阀结束了在日本的流亡生活，在山东东部发动了一场失败的叛乱。褚玉璞将军是这场叛乱不走运的领导人之一，他在一年前曾担任直隶省的军事长官，统治着 3000 万人口。当褚玉璞和他率领的 4500 名武装起来的苦力及土匪士兵溃退到乳山这个小城内，一场持续了 13 天的围攻就开始了。乳山城里居住的大约 2 万名手无寸铁的平民完全变成了刀俎之上的鱼肉。

在这 13 天的围困过程中，守城的官兵将 400 多名妇女和儿童绑在城墙上，他们躲在这些活体盾牌的后面向下面的进攻者开火。

但是围攻突然结束了。褚玉璞的士兵们犯下了如此惨绝人寰的劫掠、淫荡暴行，以至于城里的妇女和姑娘为了不受凌辱而按照事先想好的计划一个一个地跳进了乳山城内唯一的水源深井里。她们不断往下跳，直到这个水井被这些疯狂自杀者的尸体填满。

接下来乳山投降了。

但褚玉璞并没有受到惩罚。他甚至没有被这支大获全胜的高呼效忠于南京政府的“国民党”军队关押。

在中国，谁也说不准。今天的敌人很可能下个月就是宝贵的盟友。

于是，尽管褚玉璞在乳山臭名昭著，但仍被安全护送到海边并被允许携带价值 40 万的银条和银圆前往朝鲜。

虽然南京方面没有惩罚褚玉璞，但几个月后，山东东部的农民们对他做了一件大快人心的事情。在他轻松流亡返回山东后被乳山地区的农民抓到，他们为他挖了一个深坑，把他活埋到只露出脑袋，然后踩实了周围的土壤，之后人们又默默地围成一个铜墙铁壁般的圆圈，看着炎炎烈日和为所欲为的巨大红蚂蚁黑蚂蚁陪伴着他们原来的统治者阁下。

1929 年春天的 4 月 6 日到 13 日，大城市承德在被南京“国民党”部队从“叛军”手里重新夺回之后忍受着恐怖的统治。国民党的部队因吸纳了各路土匪强盗其力量有所增强，而盗匪团伙则被默许尽情地去抢劫以作为效忠“中央政府”军队的奖赏。

H. C. 佩林先生，一位在承德从事烟草生意的美国人，在一间苦力的泥土屋子里藏了 7 天。他看到一些中国妇女和儿童在街上被屠杀，他看到一些市民被端着刺刀的士兵赶回到他们已经着火的房子里，然后这些挣扎尖叫的受害者伴着士兵们的笑声在熊熊大火中死去。

H. 加布先生是一位美国传教士，他的运气简直糟透了。在藏身之所被发现后，他被剥去了全部衣服，捆住了手脚，赤裸裸地在泥水里拖来拖去以供暴徒们取乐。最后还被一名士兵用刺刀刺伤了左边的大腿。

1929 年 12 月的广州。一名受雇于南京政府的年轻中国飞行员，刚刚完成了一次向 9 个村庄投下炸弹的飞行任务。那些村庄被怀疑在白天可能隐蔽着一些“装甲”部队并准备在黄昏时分恢复对广州的进攻。

顺便提一下，这些摧毁村庄的炸弹是从一架美国制造的战斗机上扔下去的，而战斗机则是在美国国务卿的许可下出口到了中国。

这位年轻的飞行员，端着一个大玻璃杯优雅地啜饮着白兰地酒，发表着他的观点：

“很快中国就会被从空中统治。不，空军不会像陆军和海军那样被一个又一个派别多次收买。——哦，不，我们也不支持现在南京的那群人。一旦我们足够强大，我们就会把他们赶出这个国家。——当飞机成为战争中的决定性因素时，我们为什么要为南京派打仗，或者加入什么别的派别？我们要团结起来，让整个国家都听从我们的。”

两天后，中国红十字会向南京发出一份正式的抗议，反对战斗机轰炸无辜村庄的行为。但是，直到 1930 年 1 月、2 月和 3 月，美国制造的轰炸机依然在出口许可的政策之下，带着美国国务卿的“良好祝愿”，陆续抵达上海。

反对南京的派系想要联合抵制美国的贸易，他们宣称出口这些战略物资无异于干涉中国的内政，并在中国内战中偏袒某一派系。

但是，南京政府得到了华盛顿的正式承认，对中国的武器禁运因此被解除了。难道一个国家的政府能够拒绝向另一个友好国家的政府出售战争物资吗？

最初的错误是同意正式承认南京政权为中国的合法政府，尤其是在中国远未统一，而南京政权只会空洞地声称将实现稳定或拥有权威。但是如果没有得到承认，国民党就会公开抨击“帝国主义的”华盛顿，并且会指责美国为了“阻挠革命”，拒绝支持他们。

与中国的饥荒、恶政、背叛、腐败等黑暗面形成鲜明对比的是，山东省会济南府展现出的另外一番景象，慷慨而仁慈的中国人并肩合作开展经济救济工作，并且开办了一家医院，收治那些未被各个派系妥善照顾的受伤士兵。

蒋太晨和何辰强携手创造了这样一个奇观，虽然他们在宗教、财富、个人背景和观察问题的视角上是如此的不同，就如同白天与黑夜一样。

蒋太晨 50 多岁，曾经是一名传教士，后来成为收入颇丰的教授。但是，他放弃了教书生涯转而致力于从事社会服务工作，薪水只有他做教授时的四分之一。蒋在济南府管理着一家红十字医院，在饥荒时期他还管理着粥厂，每天为成千上万的饥民提供食物。

何辰强现在已经快 70 岁了，是一位大家公认的非常富有的“老派绅士”。他曾供职于已故慈禧太后的旧帝国军队，积累了很多财富，他从金钱方面大力资助了蒋太晨的救济事业。有一段时间他曾担任满人统治下的察哈尔军事长官。在 1921 年，他为自己所在省的饥荒救济基金提供了 75 万银圆。

何先生有四个妻子。

何先生这一类型的人很少谈论政治。如果现在的军阀能说服像何先生这样的绅士接受“顾问”一职，他们将感到自己很有“面子”，但何先生这样的人往往明智地选择避免介入公共事务。他们还没有足够的力量来取代如今的这些军阀和政客。

像蒋先生和何先生这样的人是真正的爱国者，而不是耍嘴皮子的。他们不抱任何幻想，他们的心情因为中国同胞们的未来依然处在困境与黑暗之中而感到非常沉重。

1929 年秋天，南京政府坚持要取消治外法权，并坚持让在中国的所有外国人接受中国法院和法律的裁决。此时，已故千万富翁盛宫保①的四个儿子，向南京政府递交了一份措辞很长的请愿书。

这份请愿书反对官方下令没收他们已故父亲留下的价值1500万两白银的遗产，其中500万两的遗产已经被捐赠给了上海及其周边的中国慈善机构。

官方下令没收盛宫保的财产，声称那是他在清王朝时侵吞的不义之财。

但盛宫保的儿子们指出，盛本人已于1916年去世，况且他在1911年就结束了原来的政务工作，即使他们的父亲曾犯了什么罪过，中国的诉讼时效也已经过了。尽管此时正值南京外交部向世界其他国家保证，他们有意愿和能力在中国法律和法庭之下，“保护所有外国人的生命和财产安全”，但在政府的监督下，没收财产（甚至包括那部分捐赠给慈善机构的财产）的过程仍在迅速地进行。

在华生活的外国人每天都在讨论中国对外贸易的未来，他们不仅在银行和其他商业区讨论，也在俱乐部的酒吧、餐厅和私人晚宴上讨论，其看法从苦涩的悲观到玫瑰色的乐观什么样的都有。

其中悲观者表示：“中国又回到了舢板运输、人工搬卸的阶段。她的河流正在淤塞，她的铁路将很快停运，她还将把所有的外国商船从她的内地和沿海的水路中赶走。”

而另一方则会争辩说：“未来将会是不可限量的，越来越

---

① 盛宣怀（1844—1916），江苏省武进县人，曾担任清朝邮传部尚书，晋封“宫保”，时人亦称为盛宫保。

多的中国人发现外国制造的物品变得不可或缺；十年前的奢侈品已经成为今天的必需品了。”

一家大型公司的负责人宣布：“我们的公司正在从所有的内陆站点撤出所有的外国人。今后，我们应该通过中国的代理商来进行交易，我希望看到即使在上海的办公室里也全是中国人。我们必须把业务移交给中国人，或者停止把我们的货物进口到中国；中国的排外宣传正在产生这样的效果。”

“我们已经放弃了四川”，另一位悲观论的信徒说。“宜昌上游 180 英里长的河道上有 13 个独立的收费站收缴运输税，在支付了 13 个站点的税费之后，我们的商品就太贵了，四川人根本买不起。”

有关美国失业和“萧条期”的流言，引起了许多在华做生意的欧洲公司领导人的巨大震动。他们担心美国国内的竞争压力、大量的生产过剩以及失业加剧，会促使那些更加吃苦耐劳、更富有冒险精神的美国人踏入外国的土地。

他们说：“你们的资本家知道，每 5000 名在国外成功的美国商人最终会为本土的 100 万人提供就业机会。利用美国现有的资本和你们毫无疑问的机器与工厂的优势，美国很可能会赢得世界贸易的控制权。”

“美国几代人都具有拓荒精神，他们征服了很多无人居住的地方。由于剩下的无人区要么难以到达，要么根本不适宜开发，因此美国人的开拓本能正在实现突变，他们正尝试在全球人口最密集的地区取得胜利，换句话说，在那里同样可以找到最棒的贸易机会。”

1928 年到 1929 年间，“示众的囚笼”经常出现在中国，这种笼子通常被用来惩罚那些无视抵制日货联盟的规定，坚持经销日本商品的中国商人。在 1928 年 5 月，日本人和国民党军队在济南发生冲突后，抵制日货的联盟就在许多城市迅速成立了。

这种“示众的囚笼”在中国有着久远的使用历史，通常是用竹子或柳树制造而成的。关在里面的犯人必须站起来，而且常常要踮起脚尖，因为他的头要从笼子顶部的一个圆孔中伸出来。把犯人关进去以后，再用绳子把笼子紧紧绑住，牵引到离地面 20 英尺高的空中。笼子的底下挂着长布，上面写着这个倒霉蛋犯下的过错，所有路过的人只要愿意都可以对犯人进行口头谩骂或者向他们抛撒肮脏的东西。

在抵制日货联盟的控制下，日制商品的许多不幸经销商被关进笼子里长达 48 小时，或者直到他们同意交出反日联盟要求的“罚金”时为止。

日本政府经过多次官方抗议，南京外交部最终给予的答复是：政府也没有办法“干涉民族主义的爱国行为”。

辜鸿铭现在已经去世了，但他在 1928 年是一位直言不讳的老绅士，作为中国最伟大的思想家，当时他的书在中国非常受欢迎。辜鸿铭出生于 19 世纪中叶的槟榔屿，名义上是英国人，但他总是不屑于寻求这种重要的特殊身份给予自己的庇护。后来他被从槟榔送到苏格兰接受教育，在 25 岁之前他从未到过中国。当他来到中国时羞于承认自己是一个中国人；他的同胞们身上的污秽、气味和社会习惯使他反感。但很快他就改变了，正如在晚年时所描述的那样他已经变得“比中国人本身更中国了”。

“权力必然使我们孤独”，辜鸿铭在他去世前不久宣称。“我们必须以自己的方式来解决长期内战的问题。美国的民主是建立在呐喊和投票的权利基础上的。中国的民主是建立在呐喊和战斗的权利基础上的。美国人可以通过选票来解决的问题，我们必须靠子弹来解决。”

“中国不是通过选举，而是通过推翻旧王朝让最出色的人获得权力。她总是在长时间的战争中解决这一问题，今天她必须忍受自己的混乱，直到胜利决定出谁是那个最出色的人。只有胜利才能证明谁是正确的。”

“过去的中国有太多腐朽的学问。而如今的中国则是有太多半生不熟的夹生学问。我们因听信了那些受过半截子西式教育、随时都会做一些蠢事出来的留学生的错误认识而蒙受损害。”

“我们的整个历史表明，所有的革命都是由知识分子的不满引起的，更确切地说是由学生阶层的不满引起的。所有的知识分子都要经历岁月的苦难，直到他们退出历史的舞台，国家实质上被强盗掌管。”

“在我看来，那些列强所谓的‘善意干预’，也没有任何正当的理由。从 1914 年到 1918 年，美国和欧洲玩着一种叫作‘世界大战’的洋麻将游戏。即使中国的力量强大到足以善意地介入那场你死我活的战争，也会导致大片陆地被毁坏，数百万人被杀，还有数百万人被推到无比悲惨的境地——即使中国已经强大到足以采取那样的态度也是不正当的。”

“现在，我们中国正进行着一场规模比世界大战小得多的麻将游戏，同样，无论美国还是欧洲，如果介入我们这场毁灭家园并让数百万人遭受苦难和死亡的决斗也是毫无正义可言的。”

“我们中国经过了很多年的天下太平。一个不知道如何战斗的国家是不可能独立的。确实，它还不配独立。自1911年以来，我们唯一的进步就是知道了在战争中如何去打仗，这并不是一个危险的迹象。”

辜鸿铭对美国人出钱在中国开展博爱、慈善的事业心怀冷嘲热讽之意，他将自己的观点概括得简洁而不近人情。他声称：“中美关系的主要问题是美国向我们输送了太多自己的害人精——我称之为三个P's，指的分别是爱国者（patriots）、政客（politicians）和教授（professors）。当然传教士就更糟糕了。”

“爱国者们对美国的一切事情都推崇有加，以至于他们看不到其他地方的任何优点。政客并非政治家，他们以非常狭隘的视角来看待远东事务所牵涉的复杂问题，并且自诩为外交家。教授们认为他们学有专长并且掌握某一领域的特殊知识，因此，他们有资格针对外国天空下发生的每一个棘手问题给出解决的方案。”

“至于传教士，老一代的传教士都在忙于传播福音和慈善工作，他们是非常杰出的先生和女士。但是，现在的大多数传教士都在花费时间试图去教授所谓的‘新学’，并且干涉我们的政治事务，而这些事情毕竟与他们无关的。他们已经远离了杰出二字。”

“在我看来，美国对中国最大的伤害是一个所谓善意的对华政策，即把大量金钱花在了资助中国年轻人赴美接受教育上。这些半瓶子不满的学生回国后对他们自己的国家毫无用处，因为他们拥有的只是你们美国人生动描述的‘膨胀自负的头脑’。我们在教育中需要的是质量，而不是数量。把你们的政策颠倒一下，派你们最能干的人来了解并帮助我们解决存在的问题，而不是把最聪明的孩子从我们身边带走，然后用你们的方式把他们教导成不可思议的样子。”

“我们的主要困境在经济方面。例如，美国担心大量廉价中国劳动力的涌入会扰乱美国的工业，降低美国人的生活水平。因此，美国关闭了对中国移民的大门。但当中国面临外国机器和它们生产的廉价产品大举入侵的时候却无法关上大门，而这两方面的入侵毁掉了我们，使我们数以百万计的熟练工人和苦力无事可做，正如数以百万计的中国劳工涌入美国会打乱你们的工业计划一样。”

第十四章

为希望辩护

当中国的河流因饱含着女人的眼泪而变得苦涩，因汇入了男人的鲜血而变成红色，在那片迷惘的土地上到底发生了什么？使得这些饱经苦难的人们仍然对未来充满希望。

整个画面一片漆黑而没有一丝强光射入吗？当破败的城市要被重新建设，荒芜的土地被重新播种，兵荒马乱的生活被一个合乎情理的期望照亮的时候，是不是局势发展的进程正有助于和平岁月的早日来临呢？

持久和平的日子可能依然很遥远。的确，今天的中国人是否能在自己的土地上实现真正持久的法制和秩序，同样值得怀疑。暂时的、靠不住的和解可能会达成，但是所有迹象都表明，国内的冲突还将延续几十年。

但是，即便在当前的自我毁灭过程当中，还是有许多事情正在完成，这对明天的中国来说将是一件很有价值的事情。

各派军阀在进行他们几乎持续不断的战役时，已经在人民群众中制造了一种厌倦战争的情绪，这可能会在某种程度上形成一种强大的公众舆论压力，并足以抑制那些在统治国家时实施恶政者的野心和肆无忌惮的贪婪。

即使军阀破坏了自己军队所践踏的地区，他们也仍要在自己的地盘上修路。如果一个派系通过使用摩托化的交通而赢得了战争，其他派系就会牢牢地记住这一教训，开始修建新的公路并从国外订购卡车。

每一个拼命掌控局势的派系都知道宣传的价值，以及试图赢得民众支持的必要性。宣传的作用是逐步教育那些文盲群众并教会他们如何进行政治思考。在许多情况下，群众被误导，其思考也建立在错误基础之上，但重要的是他们正学着思考。一个不争的事实是宣传者唤醒了群众并给他们上了一课，教给他们认识到自己具有的重要性，军事统治者也必须尊重与迎合他们的潜在力量。这种重要性的意识，无论是个人的还是集体的都在成长和传播，并将成为民族进化的一个重要因素。在中国这是一件新鲜事，世代以来只有学者们才是重要的，因为只有他们才有资格为神秘的天子建言献策。

一支 50000 人的广东军队，北上行军至遥远的河南省，行进过程中仅是一路掠夺吗？这一过程并不全是浪费和破坏。在此之前，广东人说着一种中国中部根本听不懂的语言，带有完全本省的地方性特征，但在行进中了解了其他中国人的生活方式，也学习了驻地的种种方言。这有助于打破狭隘的地方主义。

在军国主义扮演破坏性角色的同时，中国不仅在沿海省份，而且在内陆地区，正酝酿着一场巨大的思想解放运动。今天的教育比以往任何时候都更受中国人的重视，这对于一直有着尊师重教传统的民族而言意味着更多。此外，中国教育正逐年变得更加容易，简化的学习方法正在不断被完善，在大城市里印刷机的数量也在稳步增加。在考虑国内文盲占很大比例的情况下，书的出版数量应该说是惊人的，报纸和其他期刊的出版和发行量也都在增加。

人们对处境的绝望并没有导致一种致命的精神萎靡和彻底顺从；相反，它带来了一种对知识新的渴望，好像中国人有意识地要通过学习找到导致他们现在痛苦的理由和原因一样。

一个人身上蕴含着旺盛的生命力，可以产生出像北京大学教授这样一类的人，虽然他们连续 26 个月没有领到工资，却仍然坚持每天在教室里上课。到了晚上，为了赚取微薄的收入来购买食物，他们把脸抹黑在吹着凛冽寒风的街道上去拉黄包车。

新疆是中国最偏远的地区之一，文盲率几乎为 100%。全疆只有一家书店，一家报纸，每周出版一次的报纸只有 53 个订阅者。然而，1929 年秋天新疆省政府的官员专程前往上海为该省的图书馆购买印刷机和书籍，这次旅行历时三个月，涉及的交通工具包括轿子、四轮车、河道舢板、驼队、铁路，最后还有轮船。

如果上述情形只是个例的话，那是不值得记录的，但它们并非个例而是反映了当前中国的典型和特征。

我们能做什么来教育中国的亿万人民呢？很明显，只要内战还在继续中国就没有足够的资金可用。

省会设在汉口的湖北省，其教育专员在 1928 年秋天发表了一项关于教育需求的调查，并公布了一个令人吃惊的数据。他说在这个省有 320 万名学龄儿童没有接受过任何形式的教育。为了给这些孩子提供哪怕是最基本的教育，他们也需要 80500 所新学校。计划中的教育质量到底如何可能要基于一个官方估计的事实，这 80500 所学校开放并运营一年需要 1046.5 万块银圆，平均每个大约招生 40 名学生的学校每年的经费只有 130 元。

即便一个省的教育拨款是如此微薄，但依然存在它从哪里来的问题。

南京政府教育部在 1930 年 1 月发布的一份正式声明中估计，中国有 3700 万学龄儿童，他们既不能读也不会写，而且也很少获得学习的机会。

据官方估计，为了给这 3700 万学龄儿童进行最基础的教育，中国将需要 120 万名经过培训的教师，即使不花一分钱用于修建学校或租赁校舍，每年的教育费用总共也需要 2.6 亿银圆。

中国目前有 275 所师范学校，38277 名师范学生，他们正努力把自己培养成为教师。这些学校中只有位于北京的一所在招收女学生。平均每名学生每年费用仅为 168.61 银圆，折合下来还不到 65 美元。

乍一看，这些统计数据似乎令人绝望。但现实是中国在教育大众方面取得了巨大的进步。

在 1906 年，中国所有学校总共只有 468220 名大中小学生，其中只有 286 名是女性。在 1929 年，学生的总数增加到了 6615772 人，其中有 417820 人是女生。简而言之，在 23 年的时间里受教育的妇女和女童的数量增加到几乎相当于 1906 年所有在册男女生人数的总和，而大中小学生总数则增加了 14 倍。

甚至在国民党占领北京之前，南京政府就召开了一次全国教育大会，在此会议上制定了详细的计划，涵盖了至少四年的义务教育，绘制了从幼儿园到研究生在大学学习研究的宏伟教育蓝图。不幸的是，这个计划与在国民党指导下由民族主义者制定的许多其他值得称道的计划一样毫无意义，因为内战吞噬了政府的所有收入。

1920 年，当时的北京政府制定了一项教育计划，在不同类型的社区中强制实施义务教育的步骤如下：

1921 年	省会城市和开放港口
1922 年	县城和城市
1923 年	500 户以上的乡镇
1924 年	300 户以上的乡镇
1925—1926 年	200 户以上的乡镇
1927 年	100 户以上的乡镇
1928 年	100 户以下的村庄

不幸的是这个计划也没有了下文。只有在山西省，教育方面取得了实质性的进展。1929 年，山西超过 75% 的学龄儿童真正进入学校学习，而且 25 岁以下的成年文盲都被强制要求到成人补习学校学习。这种学习班为期一年，学习汉语、算术和公民课程。江苏省也为推动一项为期 10 年的教师培训计划做了特别的努力，并批准了一项每英亩收取约 0. 4 元的特殊土地税，每年将筹集超过 550 万银圆用于支持这项计划。

大众教育或“千字运动”也取得了很大的进步，并计划在 30 年内消除 2 亿的文盲。

“千字运动”为初学者提供了一套既便宜又方便的教育方法。四本教育“读物”总共只需要 1 毛钱，包含有 1200 个汉字的常用阅读词汇，一般不识字的成年人每天只花一个小时学习就能在四个月内掌握这1200个汉字。这一举措使这些“千字学生”阅读普通报纸和特别为他们写的大量关于文化和技术主题的书籍成为可能。

这四个月的学习以及它所带来的教育，当然只是一个开始。但即便这样阶段性的学习，也使数百万原本只相信谣言和小道消息的人脱离了完全愚昧无知的生活状态。

在中国，到处都有“示范村”，甚至还有一些“示范县”。“示范村”和“示范县”的农民受到各种形式的教育，正在成为周边农村的学习对象。

一个对国家教育事业具有突出贡献的事件是，1929年中国人主办的出版社出版发行了2000卷全部翻译成了简洁流行语言的图书，不仅包括中国古典文学的精华部分，而且还有数百卷世界上最好的外国文学作品，以及涉及历史、地理、数学、医学、农业、体育等的综合书籍，甚至还包括一套三十卷的百科全书的“万有书库”。

这一整套出版物，零售价仅为350大洋，如此便宜的售价以至于那些贫穷和较小的城市也能买得起以作为他们公共图书馆的镇馆之宝。

效果立竿见影，在六个月之内几乎有5000套被订购。部分省政府每省都订购了100多套，甚至中国海军的每一艘船上都配备了一套。

教育的普及使中国妇女从无知和屈从的状态中解放出来，她们在那种状态中被囚禁了数个世纪。现在妇女运动取得了令人瞩目的进步，已经有许多地方正在开展激烈的游行示威，目的是要结束一夫多妻的婚姻制度，并废除纳妾制和婢女制。

纳妾是旧的家庭生活制度的自然结果，在这种制度下婚姻是由父母或监护人安排的。儒家的祖先崇拜制度也使纳妾看起来很好、很适宜，因为男人的责任就是尽可能多地生儿子，这样父系家族才可能永远不会有断了香火的危险。

在国民党政权的统治下，离婚变得更加容易，而女性最终也可以获得与男性平等的继承财产的权利。

迄今为止，虽然还没有任何法律对那些有着多重婚姻或者购买小妾的男性进行过惩罚，但在中国要求通过法律维护权利的妇女组织却在不断地涌现。

当今，在中国的许多城市，人们对节育制度的利弊进行着激烈的讨论，一些年轻激进的革命者鼓吹和实践着自由恋爱。被称为“临时组合”的现象正日益流行并引起了许多人的忧虑，这也成为许多中国出版物严肃讨论的一个共同话题。

对中国来说，某种形式的节育似乎最终是必需的，它应该会带来社会和经济状况的改善。据目前存在的一份不完整的统计数据表明，中国成年女性一生中平均生育 9 个孩子，但其中只有不到一半的孩子活到 5 岁以上。

这份统计宣称，这种过度的生育，往往会导致种族的衰败，而且可能是中国人的平均寿命仅为 22 岁的一个原因，而英国人的平均寿命为 45. 3 岁，瑞士和挪威人为 50 岁，普鲁士人为 39 岁。

缺乏卫生设施、不懂现代医学知识、战争、饥荒、瘟疫这些都在缩短中国人的平均寿命方面起着惊人的作用，但是如果平均寿命延长，根据目前的出生率人口过剩和快速上涨的生活成本将很快使这个国家陷入绝望的贫困。

许多多元化的力量最终会使中国改革进行得更好，但他们今天的力量还不足以保证使不断恶化的状况有任何前期的改善。

民族主义运动确实做了很多工作，影响得某些地区和某些阶层的人们在精神情感上趋于统一，而且一些外国乐天派已经被引导得相信，中国和土耳其一样将经历一场迅速和彻底的浴火重生。

图书在版编目（CIP）数据

美国记者眼中20世纪20年代的中国／（美）哈雷特·阿班原著；王跃如译著．—北京：中国文史出版社，2018.6

（近代世界对华印象／韩淑芳主编）

ISBN 978－7－5205－0641－0

Ⅰ.①美… Ⅱ.①哈… ②王… Ⅲ.①新闻—作品集—美国—现代②中国历史—近代史—史料—民国 Ⅳ.①I712.55②K258.06

中国版本图书馆CIP数据核字（2018）第240278号

责任编辑：李军政

出版发行：**中国文史出版社**

社　　址：北京市海淀区西八里庄69号院　　邮编：100142

电　　话：010－81136606　81136602　81136603（发行部）

传　　真：010－81136655

印　　装：北京地大彩印有限公司

经　　销：全国新华书店

开　　本：710×1020　1/16

印　　张：11

字　　数：100千字

版　　次：2019年1月北京第1版

印　　次：2019年1月第1次印刷

定　　价：38.00元